MOI, PETIT H

Du même auteur

Sophia Galactica, le jeune dieu
Éditions Atramenta

ÉLISABETH GIORDANO

MOI, PETIT H

Confidences et réflexions d'un atome d'hydrogène

noun éditions

Merci à Sylvie, Nathalie, Patricia.

À Olivianne et Vanessa.

« Toutes les choses sont faites d'atomes (de molécules), petites particules en agitation incessante, s'attirant mutuellement à petite distance les unes des autres et se repoussant si on cherche à trop les rapprocher ».

Richard Feynman

« En 1815, sur la base des tables de masses atomiques des éléments disponibles à cette époque, William Prout, chimiste et médecin britannique, fait l'hypothèse que la masse atomique de n'importe quel élément est un multiple entier de celle de l'hydrogène. Il suggère donc que l'atome d'hydrogène est la seule véritable particule fondamentale, et que tous les autres éléments sont constitués d'un amas de plusieurs atomes d'hydrogène. Bien que cette hypothèse soit infirmée par les mesures plus précises des masses atomiques obtenues par la suite, elle constitue pour l'époque une percée importante vers la compréhension de la structure de l'atome. » (Wikipédia)

(Monsieur Prout avait bien pressenti toute mon importance, même si son hypothèse ne s'est pas révélée entièrement juste, elle a ouvert à une meilleure compréhension ! (Moi, Petit H)

Ah oui ! Drôlement serrés !

« TOUT SERRÉS, tout serrés, tout serrés, tout serrés, nous étions, dans même pas un point, un pixel, un atome, même pas un électron ! Oui ! Drôlement serrés, enfin quand je dis « serrés », c'est maintenant que je peux le dire, car là, il n'y avait rien, alors même la pensée d'« être serrés » n'existait pas encore. D'ailleurs, est-ce qu'une pensée peut être serrée ? Un sentiment ? Une émotion ? Serré, c'est quand il y a de la matière ! Et personne ne savait cela, sauf moi ! Mais tous, au complet, nous étions là ! Ah oui, je le redis, il y avait Tout, absolument Tout ce qui compose notre petit Univers : les galaxies, le Soleil Hélios, la Terre Gaïa, la Cordillère des Andes, les pommes et les pommiers, les insectes, toutes les symphonies et les quatuors de Beethoven, les opéras de Wagner, la musique de Schubert et son sublime quintet pour deux violoncelles, moi bien sûr et même vous tous les humains ! Les pierres, les océans avec les baleines, le murmure des vagues fleuries du cri des mouettes, la poule et son œuf, le chou-rave, les coquelicots, les forêts, les belles émotions, les belles pensées, Bouddha, Jésus (je ne sais plus si Barabbas était déjà là, ou s'il est arrivé après !), et donc vous l'aurez compris, l'ADN et toutes les données biologiques nécessaires aux formes de vie ! Voilà, tout ce qu'il faut pour une petite planète comme la vôtre. Et moi, oui, bien sûr ! Car je suis le tout premier, le premier de Tout ce que vous connaissez, le premier de votre Univers, de notre Univers et chargé de la Connaissance de l'Origine (mais depuis tout ce « temps »...).

« Toute, absolument toute l'Information, rien que de l'Information consciente concentrée en un Point. Information qu'il restera, bien sûr à extraire, donner Vie, faire émerger à l'existence, révéler ces virtualités musicales entre autres, par les êtres futurs ayant les capacités de mettre à jour tous ces trésors. Et pareil pour toutes les planètes du futur Univers, et tout cela en même pas un point... Enfin ! Tout était **potentiellement** là, c'est pourquoi cela ne prenait pas de place ! **Accompli, mais pas encore défini**. Toute action sur la matière en vue de sa matérialisation demande une pensée, une pensée donc, primordiale à toute Conception. Il fallait juste une mise au point ajustée au milliardième de milliardième et plus encore, puis appuyer sur la touche « on »...

Tout ce qu'il faut...

« Donc, nous, future matière, étions déjà tous là, en potentiel bien sûr, et attendions. Dieu, est donc cet Absolu indifférencié (la Grande Pensée, l'Origine primordiale, si vous préférez), enfin ce Quelque Chose qui était, est et sera, encore non défini dans cet Univers-là, mais avec de toute éternité, l'immense pouvoir de permettre l'accomplissement ultime à ses propres émanations de consciences éternelles. Oui ! Dieu savait exactement ce qu'il fallait pour créer des mondes plus ou moins denses. Et avec une liste de tous les ingrédients nécessaires ; une centaine de sortes d'atomes à tout casser, juste une série de cent, paraît que ça suffisait, mais des milliards et des milliards de milliards d'atomes, en fait 1 suivi de 80 zéros (n'essayez pas de compter pour vérifier, on ne va pas chipoter pour quelques dizaines de milliards de plus ou de moins !). Mais alors avec un nombre de combinaisons incalculables ! Alors il fallait aussi une somme considérable de modes d'emploi pour que tous ces atomes puissent s'agencer pour créer. Car ici, c'était un Univers plutôt dense qu'il s'agissait de mettre en œuvre. Et pour que cela ressemble à quelque chose de cohérent, il fallait un nombre incalculable de notices de Création, car il était hors de question de les laisser faire n'importe quoi, puis de voir si cela donnait quelque chose de correct. Non ! C'est un peu bête de croire cela, et la probabilité n'est même pas quasiment nulle, elle est NULLE, c'est tout ! Croire qu'il n'y a pas une téléonomie[1] sous-jacente à la perfection de cet Univers et de ce qu'il contient, nie que la vie a un Sens, bien triste cela et ne rend pas joyeux !

---

1 Finalité, projet.

« Bien sûr, Dieu, cette Entité suprême, créatrice unique et infinie, empreinte d'une Intelligence infinie, d'où Elle se « trouvait » – c'est-à-dire dans Son Super Univers totalement immatériel et spirituel, là où la Pensée prend instantanément forme – avait pu mitonner ce Projet-là en toute quiétude ; même laisser traîner ses plans ou renverser ses bouteilles d'encre de chine, sans que personne n'y voie aucun inconvénient. Tout cela bien entendu, au-delà des tracas administratifs, déclarations fiscales, partis politiques et médias corrompus, embêtements avec des voisins indélicats, fuites d'eau intempestives, enfin toutes les contrariétés liées à certains mondes matériels ! Au cours des âges, d'autres atomes et d'autres Consciences viendront s'ajouter à cette Création. Mais moi, j'avais la bougeotte. Enfin ! comme on peut avoir la bougeotte dans même pas un point, des millions de milliards de fois plus petit qu'un atome que vous pouvez déceler maintenant, bien épanoui avec son petit brouillard d'électrons autour de lui ! Oui ! Enfin, bien sûr, je l'avais **potentiellement** la bougeotte, j'en avais l'idée, tout le monde aura compris ! Mais cette « idée », simple idée de mouvement, comment la faire émerger, car le mouvement veut de l'espace...

Avant même le Commencement, zut, ça commence déjà !

« C'était à moi que reviendrait l'honneur d'être le premier et d'avoir la plus grande famille. Nous étions très impatients de savoir ce que nous allions créer. Et évidemment, il y avait toujours des prétentieux qui voulaient faire partie de ci mais pas de ça, voler, mais pas ramper, être lumineux mais pas terne, vert mais pas gris, être Mozart mais pas Pinochet, Italo Calvino mais pas BHL, Victor Hugo mais pas Napoléon, etc. (ici, je vais mettre une parenthèse, même deux d'ailleurs : ces personnages, tout autant que les guerres, n'étaient pas vraiment prévus à l'Origine, mais nous verrons plus loin ce qui a bien pu se passer). On voit que dès le tout début, il y avait déjà quelques controverses, ce qui peut peut-être expliquer bien des choses sur votre époque !

« En tout cas, le problème fut en somme vite réglé : car en ces temps indéterminés, il était prévu qu'il y en ait pour tout le monde, que toutes les expériences soient accessibles à tous. Nous passerons par tous les stades, et paf! plus de jaloux. Et comme nous étions tous mêlés les uns aux autres, nous garderons toujours le souvenir de cette proximité. Ce qui fait que tout, dans cet Univers-là, sera **connecté** ! Plus tard, vous l'appellerez « l'intrication quantique ». Ce qui veut dire que quand l'un d'entre nous aura un état quelque part, ceux avec qui il a interagi le plus intimement, réagiront illico, même à des distances intersidérales, et comme en plus nous étions tous connectés les uns aux autres...

Il se passera encore bien du temps avant que vous ne compreniez que la matière n'est qu'un accessoire, un support. Ce n'est qu'alors que vous pourrez retrouver la mémoire du Sens, la Conscience que la Raison gouverne tout, et que les interactions qui ont lieu au niveau quantique sont tout aussi valables au niveau macro. Bien sûr, il restera toujours quelques exceptions, macroscopiques, cela va sans dire, tristes et rabat-joie, pour se croire seules à penser ici-bas ! Comment allions-nous bien pouvoir aller au-delà ?

Oh, my God !

« Indicible Transcendance du Tout, et bien au-delà de tout ce qui est répertorié maintenant, Dieu, puisque c'est son nom le plus courant, assez pratique somme toute – encore qu'un peu galvaudé à toutes les sauces –, mais plus commode que pas de nom du tout. Car c'est en effet comme cela que l'on peut se retrouver sans y pendre garde, avec des machins, trucs et autres qualificatifs peu obligeants. Dieu avait donc en tête (pour imager toujours !) les Tenants et les Aboutissants, Quand et Où. Parce qu'au supposé point de départ de cette « partie » réservée pour cette création-là, il n'y avait rien, mais vraiment absolument rien à quoi se repérer, comme une ligne de départ avec un panneau « début », une galaxie tournant sur elle-même en un laps de temps bien déterminé, ou même une pendule qui sonne tous les quarts d'heure ! Mais bien sûr, pour Dieu c'était différent et toutes ces contraintes avaient peu de poids. Elle·Il n'était pas pressé·e par on ne sait quel horaire, puisque dans Son Super Univers extra temporel, extra luminique et extra tout d'ailleurs, le temps ainsi que l'espace « n'existaient » pas au sens où vous – êtres humains maintenant limités dans vos trois petites dimensions – l'entendez. La « Lumière », d'une « vitesse » simultanément nulle et infinie, c'est dire l'indicible, est d'une tout autre nature que celle (limitée par on ne sait quel radar !), qui nous sera réservée pour notre petit Univers matériel à nous ! Il n'y avait qu'au point de jonction entre Son « Côté » et le nôtre que cela pouvait tirailler, c'est-à-dire le moment zéro de notre Univers, qu'un certain Fred Hoyle, par dérision, nommait aussi Big Bang.

« Oui ! C'est ce que vous appelez le « mur de Planck », enfin ça, c'est pour votre petite histoire, car en fait personne n'y comprend quelque chose. Dire combien de « temps » a duré cette gestation reviendrait à demander à un fœtus depuis combien de mois il est dans le ventre de sa mère ! Et encore, il devrait bien avoir un embryon de notion de temps (c'est le cas de le dire !), car sa mère mange, bouge, dort, en fait, a des rythmes. Mais là, rien ! Puisque de « l'autre côté », pas de « temps » ni d'espace, enfin, rien à quoi un être dans la matière pourrait se référer. C'est pourquoi il vous est absolument impossible d'appréhender, vous, êtres vivants et finis, ce qui pourrait seulement s'approcher de cette Transcendance, cet Absolu indifférencié, ce point de Conscience infinie, Énergie intelligente qui, par cette création, cherche sans doute simplement à faire, par délégation, une expérience « matérielle », une sorte de jeu de construction ! Enfin bref, pour revenir au moment zéro qui pourrait se représenter Dieu un chronomètre à la « main » pour donner le grand départ ?

« Dieu, la Conscience infinie, nous chérissait comme son grand projet, sans que l'on sache en quoi il allait consister. En focalisant son Infinie Intelligence, celle-ci va devenir Énergie consciente. On peut donc comprendre que le Processus exige une certaine mise en œuvre pour qu'il imprègne toutes les particules du futur Univers. Et cette « attente » avait évidemment sa raison d'être, car nous allions y être confrontés à ce fameux temps ! Nous étions littéralement enivrés de ce qui se préparait, car l'aboutissement ne pourrait être que grandiose. C'est sûr, là, pas question de faire des brouillons que l'on brûle ou que l'on jette à la poubelle dans le coin de l'écran, pour être sûr qu'aucune personne indiscrète n'aille diffuser vos bêtises sur Facebook, Télégram ou autre Signal ! Non, là, tout sera étalé au grand jour quand la Lumière sera. Oui ! J'avais été mis dans la confidence. Dans le futur ici-bas de cet Univers, une **Lumière sera**, certes, beaucoup plus ordinaire, une lumière électromagnétique, ondes ou particules selon l'humeur, et contrainte à quelque vitesse maximale par on ne sait quel radar ! Mais quand même, c'était ma seule fascinante certitude, et avec cette certitude, je me laissais même aller à faire des projets, car pour qu'il y ait de la lumière soumise à une vitesse, il faut de l'espace, et je pouvais ainsi avoir un avant-goût du grandiose projet que Dieu nous préparait : un espace, il faut quelque chose dedans, sinon ce n'est pas un espace ! Mais ce « quelque chose », non défini mais accompli, qu'allait-il en être ?

Prêt, partez !

« Et j'étais là à rêver, quand soudain je perçus qu'il allait enfin se passer quelque chose : j'ai remarqué une singularité dans cette Vacuité ineffable et transcendantale, un imperceptible déséquilibre, une interférence, une vibration, avec ce que je sais maintenant, oui ! Une énergie extraordinaire, démentielle, portée par un Son ! Un Son merveilleux[2] comme « soufflé » à « l'emplacement » du futur point de jonction. En fait, oui ! C'est l'Énergie-Son qui a trouvé le chemin, comme un projecteur de cinéma dont l'image s'élargit considérablement quand elle atteint l'écran. Et là, juste au passage, cette Synergie s'est en quelque sorte cristallisée pour devenir future matière, et surtout le temps qui, comme sur une ligne de départ, attendait aussi le coup de feu pour commencer à défiler. Enfin, quand je dis « défiler », ce n'est pas vraiment en ligne, car comme tout le reste, le temps est un vortex, et selon la position occupée sur ce vortex, il ne va pas être ressenti de la même façon.

« Et moi, il m'arrivait un truc vraiment bizarre. Avec le recul, je peux donner un nom : j'avais le trac, mais alors un trac comme il n'en a jamais existé avant (et pour cause !), mais même pas après, j'en suis sûr, un trac épouvantable, colossal ; j'avais le sentiment

---

2 Que Richard Wagner a très bien concrétisé avec le début de l'Or du Rhin : « *Le Prélude de* l'Or du Rhin *s'ouvre sur un monde encore sans temporalité définie (en note : il ne faut guère plus de quelques mesures pour que l'auditeur ne sache déjà plus depuis combien de temps il écoute), et propose la narration d'une genèse imaginaire (?). Sur fond de paix paradigmatique, l'auditeur est invité à faire le silence en lui-même et à rentrer dans un temps sacré. Ainsi, de même que la matière se crée en se diversifiant elle-même, et que la vie procède de la division d'une seule cellule d'origine, le célèbre mi bémol d'abord immobile et seul, durant quatre mesures, engendre, par simples « divisions harmoniques » (en note : les notes progressivement ajoutées n'étant que les harmoniques naturels du mi bémol), sa vie propre.* ». Guide des opéras de Wagner, Fayard.

que Dieu m'avait abandonné, car je commençais certainement à, comment dire... m'en séparer quelque part. Quand même, une telle mission! La hauteur de la tâche me paraissait colossale! Mais là, maintenant, plus question de rêvasser! J'allais devenir... un **atome d'hydrogène**, avec la mission de relier les Consciences éternelles à chaque future particule! Mais pour l'instant, je n'étais encore qu'un potentiel proton, mais quel Proton! Le premier dans toute l'histoire de cet Univers-là! Tout reposait sur moi... Impossible de reculer, j'étais comme au bord d'un gigantesque gouffre... qui d'un coup s'ouvrit devant moi!

« Et de toute Éternité, de tout Amour, de toute Émotion,

φ fut, est et sera φ,

π fut, est et sera π,

1 fut, est et sera 1,

1 fut, est et sera 2,

2 fut, est et sera 3,

3 fut, est et sera 5,

5 fut, est et sera 8,

8 fut, est et sera 13,

13 fut, est et sera 21,

34 fut, est et sera 55,

55 fut, est et sera 89,

89 fut, est et sera 144...

de l'infiniment petit à l'infiniment grand. L'Univers se déployait dans la spirale d'or, devant, derrière, en haut, en bas, à une vitesse jamais atteinte depuis! Et puis c'était tout nouveau, il y avait même un avant et un après, j'étais entré dans le temps! Portée pas les multiples Consciences ayant existé de toute éternité, l'Énergie-Son s'est cristallisée en milliards, billions, trillions, etc. de vortex pour créer et ensuite agréger une matière consciente riche de toute l'Information nécessaire à sa Manifestation. C'est alors que j'ai pu constater que la matière peut-être très bruyante! Tout cela a fait un foin d'enfer (oups, pardon!). En plus, la matière, quand elle est animée, elle chauffe, c'est la thermodynamique, et plus elle est animée, plus elle chauffe! Enfin pas grande importance, de toute façon, les consciences n'avaient encore ni oreilles ni capteurs sensoriels et évidemment, aucun thermomètre pour contrôler ne traînait dans les parages. De toute façon avec cette chaleur, un thermomètre, même à mercure...

« Et puis là, j'ai senti, moi, déjà presque matériel je sais maintenant, comme une vague immense dont l'écume était la plus douce des caresses : l'Amour, un Amour fou, gigantissime, foudroyant, qui a fait que je n'étais plus seul mais avec une myriade de protons, neutrons, électrons, et même d'antiparticules. Alors j'ai su ! J'ai su que cette Fantastique Pensée d'Amour, cette Singularité créatrice grandiose, portée par toutes ces petites consciences, allait imprégner chaque future particule de cet Univers-là, j'ai su que Dieu en était l'Origine primordiale et la véritable Force créatrice, oui ! Une Sacrée Force créatrice...

De l'Amour mis en forme

« Maintenant, il s'agissait bien d'un insurmontable défi, car encore plus vite que la lumière basique qui vous sert d'éclairage et de repère avec sa vitesse d'escargot, nous nous sommes retrouvées, nous, les potentielles particules, projetées dans un plasma, ce n'est rien de dire « brûlant », mais déjà dans un espace qui s'ouvrait à nous et qui continuera à se déployer tant qu'il y aura des Consciences pour le faire. Et puis la maturité aidant, la fougue des premiers instants a fini par se calmer, et la vitesse d'expansion est devenue plus raisonnable et fluctuante : un coup j'accélère, un coup je ralentis, sans doute pour être en phase avec le Super Univers, car c'est précisément le Super Univers qui donne sa cohérence à notre Univers matériel à nous !

« Un proton ! Maintenant j'étais un vrai proton d'hydrogène, et quand cette colossale énergie d'Amour m'a submergé, des milliards et des milliards de protons, neutrons, électrons, etc., se sont lancés en tourbillonnant dans l'espace qui se déployait plus vite que la vitesse de cette future Lumière. C'était parti, la « Pensée » de Dieu prenait Forme, se manifestait dans la Gloire, le Grand Déploiement, la Cohérence...

« Nous flottions tous ensemble à une incroyable vitesse, tissant la toile cosmique avec de petits motifs, disons le tout net : des grumeaux[3]... **1, 1, 2, 3, 5, 8, 13, 21..., φ, π**, encore et encore, toujours et toujours, dans cet espace qui se créait à chaque milliardième de seconde. C'était une saga incroyable, car nous étions très fougueux, débutants dans la matérialité, et

3 Grumeaux qui préfigurent déjà les futures galaxies !

n'avions pas encore bien le schéma pour nous mettre chacun du côté qui nous était assigné. Car à chaque fois qu'une particule rencontrait une antiparticule, cela pétait dans tous les sens. Finalement, nous, les particules, avons fini par investir notre cour de création. Les antiparticules, elles, ont inverti l'intérieur de la Terre, et l'immense vague d'Amour, substance mère venant de l'Endroit du Super Univers, Éther divin imprégnant tout, tissant toujours et encore la magnifique ordonnance qui règne en maîtresse absolue : de l'Amour mis en forme !

Alors vous bien sûr, avec cette manie de tout vouloir malgré votre champ de vision extrêmement réduit, classifiez, ordonnez, comptabilisez dans ce que vous pensez être le « temps », et bien hop ! c'est la gravité. Gravité seule capable, selon vous, de mettre de l'ordre dans cette incroyable bamboula que sont ce que vous nommez les quatre forces fondamentales[4], sans mettre en doute un

---

4 Dans le confinement auquel vous contraint la vitesse limitée (par on ne sait quel radar, je ne le dirais jamais assez !) de la lumière, vous ne pouvez donc percevoir que 5 % de l'univers. Ces 5 % sont régis par 4, ou plutôt 3 forces, ou interactions fondamentales qui vous enferment dans cette vision réduite, et permettent aux particules de ne pas se séparer, à la Terre de tourner autour du Soleil, au courant de passer dans un fil... Alors en effet, les scientifiques vont vous dire qu'une seule de ces forces ait manqué à l'appel et le monde que vous connaissez n'aurait jamais pu se manifester – enfin juste les 5 % de ce que vous voyez, car vous êtes gouvernés par ce qui correspond à votre niveau vibratoire, et que vous nommez « les 4 forces fondamentales » et que vous décriez comme :

- la **gravitation** : la plus faible de toutes, mais aussi celle qui a la plus grande portée, puisqu'elle agit sur l'ensemble de l'univers. Son intensité dépend de la masse de l'objet, c'est pourquoi elle se fait surtout sentir à l'échelle des planètes : elle les fait tourner autour de leur étoile, mais nous retient aussi au sol, et fait tomber les pommes ! Georges Brassens le disait, le chantait si bien : « *la loi de la pesanteur est dure, mais c'est la loi !* » Nous y sommes tous soumis.

- la **force électromagnétique** : bien supérieure à la force de gravité, mais n'agit que sur les particules chargées, soit positivement comme les protons, soit négativement comme les électrons. Elle soude les atomes, en les obligeant à partager leurs électrons pour former les molécules, qu'elle pousse ensuite à se combiner en de longues chaînes ; la plus haute expression de ces chaînes est l'ADN qui permet la vie telle que nous la connaissons...

- la **force, ou interaction nucléaire faible** : l'une, et sans doute la plus importante, de ces quatre interactions fondamentales de la nature. Elle est responsable de la désintégration de particules subatomiques, est à l'origine de la fusion nucléaire dans les étoiles. Bien que d'une portée limitée (elle ne dépasse pas les frontières du noyau), elle est inexorable : toutes les

seul instant que l'Univers n'est pour vous que matière minérale ; Conscience et Vie, ça non ! C'est pourtant ce qu'il est avant toute chose. Alors en effet, à votre niveau vibratoire, la gravité s'applique au ballet des astres. Mais si ce n'était qu'un leurre, juste une broutille pour amuser les scientifiques !

---

particules, à de rares exceptions, sont destinées à se désintégrer. C'est la force la plus proche de l'Origine primordiale gorgée d'Amour et qui anime tout ce qui vit : minéral, végétal, animal et humain ! Mais les humains n'ont pas encore compris qu'elle est primordiale, et que sans elle, aucune manifestation ne serait possible ! Elle est maintenant timidement décrite, avec sa copine juste au-dessus, « force électrofaible ».

- la **force nucléaire forte** donne naissance à l'énergie nucléaire.

Un amour d'électron

« Un être normal – je dis bien normal, c'est-à-dire imprégné de l'Énergie d'Amour des Origines –, ne peut pas vivre sans l'Esprit, et de la même manière, ces forces ne peuvent être efficientes sans la Force spirituelle qui vient du Super Univers comme nous venons de le voir !

Alors cela est devenu encore plus intense, et de délicieux petits picotements suivis d'un divin sentiment de plénitude nous a envahis. Oui ! Le pur Amour, car gravitant autour de chacun de nous, un électron était maintenant notre partie indissociable : voilà ! Nous étions devenus de vrais atomes, des atomes d'hydrogène !

« Ah ! Mon électron ! Nous nous aimons d'un indéfectible Amour et nous sommes juré fidélité il y a, il y a... en fait, de toute éternité. Dans le « temps » que vous aimez tant comptabiliser, ça fait peut-être quelques milliards d'années et des poussières. Nous, en tout cas, nous n'avons pas changé, nous sommes toujours les mêmes, et le même nombre ! C'était enivrant, mais aussi affolant cette écrasante responsabilité ; par nous devait arriver la complexité, et cela a immédiatement commencé...

« Les photons, émis en même temps que nous, facétieuses particules de lumière, une fois particule pour nous bousculer, une fois onde pour prendre de l'élan, étaient encore beaucoup trop serrées pour pouvoir briller à leur aise.

« Nous, en tant qu'atomes d'hydrogène (nous avions aussi la capacité onde-particule, mais pour l'instant, on gardait cela pour nous), c'est le nombre qui faisait notre force ; 75 % de ce petit bout d'Univers tout neuf, et avec un seul électron, s'il vous plaît !

L'hélium était là aussi, à faire un peu son crâneur avec ses deux protons et ses deux électrons, mais le temps passant, il s'est vite calmé, car à force de faire la java entre nous et avec les photons qui ne cessaient de nous rentrer dedans, il s'est créé tout un tas d'atomes avec plein de protons et d'électrons. Ah, oui ! C'était une sacrée java, je dirais même une Java Sacrée ! Les électrons volaient dans tous les sens, s'offrant aux plus racoleurs, ce qui fait que certains atomes se sont retrouvés avec plein d'électrons tournoyant autour d'eux. J'y tiens tellement au mien, je n'en ai qu'un et personne n'a jamais réussi à me le piquer !

Que la Lumière soit!

« Et tandis que, pris dans l'impulsion de son élan initial, le cosmos continue de se dilater, de s'étendre et de se refroidir, les photons, –enfin bien sûr, les simples photons matériels ordinaires disponibles en nombre illimité ici-bas, mais ivres de joie quand même, et qui attendaient depuis des lustres de pouvoir briller à leur aise– peuvent enfin se montrer et révéler le grandiose projet. Voilà! **La lumière EST**, traversant l'Univers dans l'anonymat pour illuminer les étoiles, et porter cette Grande Joie dans l'espace à sa vitesse, on ne peut plus limitée! Enfin, c'est ce qui vous est conté... Mais il existe d'autres Lumières bien plus rapides, à commencer par la pensée! Observez la pensée, elle est fulgurante; fermez les yeux, pensez au Soleil, regardez-le briller dans votre tête, sentez sa chaleur sur votre peau; cela n'a pas pris 8 minutes! Et pourtant, c'est le temps que met cette lumière électromagnétique à parvenir sur Gaïa. C'est sans doute à ce moment que l'on pourrait placer ce qui est écrit dans la Bible; Dieu aurait dit: «Que la lumière soit, et la lumière fut».

«Maintenant, il faut bien spécifier que Dieu, ou la Grande Conscience ou le Grand Concepteur, est de toute éternité et sera toujours dans le Super Univers (bien sûr hors temps et espace). C'est là où la Pensée naît, se conceptualise, car cette Pensée, cette Conception sont indispensables pour qu'il y ait un Univers de matière, mais n'ayant pas grand-chose de commun avec le Véritable! En tant qu'êtres humains dans un monde de matière, pour extérioriser votre pensée, la révéler, vous avez besoin de la parole, de l'écriture, de gestes, d'objets extérieurs, etc., et de quelqu'un pour les recevoir. La «Pensée» de Dieu est l'Information absolue et totale, et Elle se condense en quelque sorte pour former des Univers, à tous niveaux de densité. Et cette Pensée, cette conception, des milliards de fois plus subtile que celle dans laquelle nous évoluons maintenant, chargée de toute cette Information, va engendrer la matière et bien sûr, la Vie ! C'est la Source créatrice (à ne pas confondre avec Dieu) « dépositaire » de Connaissances infinies grâce auxquelles Elle va donner forme à la Manifestation ! Sur Gaïa, une source n'est source que parce qu'il y a de l'eau, mais la source est en fait un concept ; enlevez l'eau, il n'y a plus de source ! J'ai dit que notre Univers est l'envers, pâle « copie » du Véritable, de l'Endroit d'où vient le Plan, la Pensée, la Conception, le « Matériel » spirituel de la Source. Et quand je dis « copie » ! en fait, pas moyen de comparer ! Quand vous créez quelque chose, êtes-vous cette chose ? Elle va révéler un peu de votre personnalité, mais ne pourra en aucun cas vous représenter, sauf si c'est un autoportrait, et encore !

« C'est donc la Source (déjà éloignée de Dieu, mais bien moins que vous d'Elle) qui va donner signification, structure, forme, à une partie minuscule d'Informations « contenues » dans le Véritable Univers, le Super Univers (qui bien sûr, sans espace ni temps, ne « contient » rien que nous puissions concevoir, car comment nommer l'indicible ?).

« Que serait un compositeur sans chef d'orchestre et sans musiciens ?

« Que serait ce même chef sans partition et sans musiciens ?

« L'œuvre resterait dans la tête du compositeur, quelle tristesse ! Sans compter les multiples interprétations que vont nous en donner de géni·ales·aux chefs d'orchestre !

« Alors, que serait Dieu sans création ? Car créer à partir de rien ne peut être que le fait d'un « être » surnaturel (nous verrons plus loin que certains futurs êtres ne faisant pas partie de ce Plan divin s'arrangeront pour « créer » à partir de rien !). Mais n'anticipons pas.

La Source

« C'est seulement à partir de cet Univers de matière que le temps apparaît. Enfin, quand je dis « temps », celui-là n'a pas grand-chose à voir avec cette chose dans laquelle vous évoluez, que vous pensez bêtement linéaire et comptabilisez avec toutes sortes de moyens plus ou moins cocasses. Oui ! Comme tout ce qui existe, il est en spirale, comprenez bien que selon l'endroit où vous vous trouvez sur cette spirale, le ressenti ne sera pas le même ; il n'est donc pas universel. La Source, la grande Source qui englobe cet Univers de matière, naît à son point zéro, et elle va, comme toute bonne source, alimenter un nombre infini de Sources qui seront les Âmes et les Esprits de tous les astres habités par des êtres conscients. Il n'est pas facile de vous expliquer tout cela avec un vocabulaire (et souvent une « comprenette ») si limité !

« Sur Gaïa, une source jaillit, mince filet d'eau native purifiée par son trajet à travers les différentes couches qui composent le manteau terrestre. Elle en a profité pour faire son marché, et s'est ainsi chargée des minéraux qu'elle affectionne particulièrement, et des multiples mémoires qu'elle rencontre. Puis elle commence à couler à la surface et, tout en continuant à faire ses provisions, rencontre de nombreuses autres sources. Ensemble, elles vont devenir ruisseaux, rivières, fleuves, et majestueusement, se fondre dans la mer pour recommencer un cycle, mais en gagnant en connaissances et expériences au fil de milliards d'années. Le cycle est perpétuel, dans une éternelle continuité qui ne doit jamais s'arrêter sous peine de dissolution totale. Et à l'image de la petite source qui finit dans l'océan, les informations multiples récoltées dans le monde manifesté finissent par retourner à l'Origine primordiale. À cette image, la grande Source, énergie suprême, avec Amour et Émotion, doit constamment jaillir du Super Univers. Elle agence toutes ces forces, véritable ADN de la Manifestation, à des degrés de précision absolument inimaginables, tant dans tout ce qui vit, respire, que dans le majestueux ballet des galaxies, des nébuleuses, des soleils et leurs planètes. Toujours la Conscience ainsi que la Vie précèdent la matière. Ce que vous « voyez » avec vos sens émoussés n'est qu'une toute petite partie de la réalité, puisque vous ne percevez même pas 10 %, tant de la matière, du vivant, que de l'univers ! Alors que ce flot impétueux de la vie cosmique vienne à se tarir, l'Univers entier de matière serait englouti dans un improbable néant.

Ben oui, pourquoi ?

« Alors me direz-vous, POURQUOI ? Pourquoi, si Dieu, la Grande Conscience est et sera de toute éternité, prend-elle la peine de créer des Univers ? Je n'ai pas la prétention, surtout moi, simple atome, de vouloir comparer un être humain à Dieu, mais après tout, pourquoi une religion dit que l'homme a été créé à son Image ? Ce qui est d'une prétention extrême, entre nous soit dit, comme si Dieu et même la Source avaient une image ! Mais gardons quand même l'exemple. Un être humain digne de ce nom aspire à des connaissances dans tous les domaines inhérents à ses goûts, ses capacités, ses moyens ; il va explorer, qui, la musique, la danse, le sport, la science, la mécanique, la botanique, la biologie, la médecine ou la psychologie, qui, ses relations avec les animaux, la Nature, la cosmologie, le bricolage, le jardinage, le ménage, etc. Peut-être la spiritualité (s'il ne déraille pas avec, si, si, il y a des preuves et des preuves, et même avec d'autres disciplines, les ratés ne manquent pas, parfois on peut même se demander où vont se nicher les peaux de bananes, mais là n'est pas le propos, nous y reviendrons !). Tout cela pour enrichir la Grande Mémoire de sa planète où chacun pourra puiser et faire avancer toute l'humanité (enfin c'est ce qui était prévu dans le Plan originel !) Ainsi, vous avez plus de connaissances, même les gens les plus simples, qu'il y a 100, 500, 1000 ans, encore que (avec tout ce que vous avez perdu !)... Maintenant, quel genre de connaissances ? Un peu dans le matériel, parce que pour ce qui est du spirituel, votre indigence s'apparente plus à celle d'un bonobo qu'à celle d'un humain bien constitué ! Mais admettons que l'homme ait suivi la bonne voie, celle de la néguentropie de la Vraie Pensée, celle qui mène sur les Bons Chemins...

« Donc Dieu, ou la Grande Conscience, toute omnisciente qu'Elle soit, a sans doute aussi soif de connaissance dans ce qui est le plus éloigné de sa Transcendance, et Elle ne peut donc expérimenter directement ce qui est Son opposé total : la matière dense (c'est une question de champs vibratoires, ce serait comme vouloir mélanger du plomb et un gaz !), et que peut-être, c'est aussi une question de continuité pour ne pas être happée dans un impossible néant... Non, mais c'est bon ! Ne faites pas cette tête-là, je ne suis qu'un simple atome ! Mais je continue quand même, j'y tiens, pour une fois que j'ai un auditoire... Donc, ne pouvant faire ses expériences matérielles, Elle crée des Univers, envoie des émanations d'Elle-même, des Sources filles en quelque sorte. Une principale pour chaque Univers, puis d'autres pour chaque galaxie et ensuite pour chaque planète, ensuite pour chaque être vivant. Toutes sont chargées de créer selon les Plans suprêmes, puis collecter, répertorier, classer, etc., ses trillions et trillions d'informations, venant du monde minéral, végétal, animal, puis humanoïde. C'est là, bien sûr, que la moisson, normalement, devrait se montrer la plus productive avec à terme, des êtres pensants qui vont travailler pour l'enrichissement commun ! N'est-ce pas merveilleux ? Sauf qu'à l'époque présente, sur Gaïa, il y aurait comme quelques grains de sable dans les rouages !

« Vous autres, humains, vous commencez juste à retrouver ce que vos lointains ancêtres savaient de toute évidence ; il faut une connexion à la Source, à commencer celle de votre planète, pour que le monde et l'individu soient cohérents ! Alors à partir de maintenant, puisque l'Univers de matière existe, il ne sera plus question que de « la Source », et même des Sources, pures émanations de Dieu.

Au boulot !

« Alors, un beau jour, la Grande Source, ivre de Joie et d'Amour, en collaboration avec toutes les Consciences éternelles, s'est dit que cette fois, il était largement temps de vraiment mettre en œuvre le grand ballet aux yeux du monde. Nous allions, nous les atomes, montrer enfin de quoi nous étions capables ! Finie l'oisiveté, au boulot, vive la matière ! Les grumeaux déjà évoqués se sont mis à tourbillonner, **1, 1, 2, 3, 5, 8, 13, 21, 34…, φ,** π, tant et si bien qu'il s'est formé des protogalaxies. Alors évidemment, on aurait presque dû s'en douter, les atomes qui avaient fait plein de provisions d'électrons grouillaient partout à faire les malins : « regardez, je suis le plus complexe, c'est moi qui en ai le plus ! ». Mais eux aussi, le temps passant (puisque maintenant, il défilait !), allaient en rabaisser, car les plus grosses étoiles nous préparaient en secret de gigantesques feux d'artifice, que même celui de New York, en comparaison, ferait des milliards et des milliards de fois moins de bruit et de lumière qu'un pet de puce comparé au grand commencement ! Oui ! Car, avec leurs gros pétards et leurs gros projecteurs, arrivent sur la scène les **Supernovas**. En explosant, elles vont créer tous les atomes complexes jusqu'aux atomes lourds, comme l'uranium blindé de protons et d'électrons (92 pour lui tout seul !), et qui vont tournoyer dans l'espace, transcendant les protogalaxies en vraies galaxies toutes plus belles des unes que les autres dans leur diversité. Et dans cette grande mise en scène, je me débrouillais toujours pour être dans une galaxie spirale, je les trouvais tellement plus belles ! Il y a, il y a… enfin ce qui est dit dans le scénario, pas mal de temps ! Moi, j'avais choisi une gigantesque étoile qui se pavanait dans une splendide galaxie spirale: la Voie lactée. « Regardez, disait cette étoile, je suis la plus belle, c'est moi qui brille le plus! ». On la sentait quand même un peu prétentieuse; c'est sûr, pour briller, elle brillait, des milliards de fois plus que notre soleil actuel! Pour continuer à briller plus que les autres, elle a commencé par consumer tout son hydrogène qui s'est combiné avec d'autres éléments. Moi, je me suis échappé juste à temps pour ne pas me faire piquer mon électron, et nous garder, moi et mon double, pour notre futur Amour...

« Puis elle a continué en brûlant toutes ses réserves, a fini par s'effondrer et quasiment rebondir sur elle-même, et s'est alors mise à gonfler, gonfler tant et si bien... qu'elle explosa! Moi, je m'étais éloigné pour pouvoir profiter du spectacle de l'extérieur; c'est sûr, à côté de l'explosion du tout début, cela faisait un peu crottes de souris ayant abusé d'épinards, mais quand même ce n'était pas mal! Elle était devenue une supernova, ensemençant cette partie de la Voie lactée des éléments nécessaires à la vie et au futur système solaire, et j'étais fier, car c'est celui que m'avait assigné la Source. Rapidement, les gaz interstellaires se sont mis en rotation, toujours et toujours plus, pour attirer et concentrer la matière pour former le Soleil et ses planètes, parfois telluriques, parfois gazeuses, au cœur desquelles tourne toujours l'information primordiale...

Oui ! Un bien grand bal

« Le grand bal cosmique était lancé depuis, depuis... une petite éternité, et gagnait en une complexité qui devait répondre à un ordre extrêmement précis sous peine de dislocation totale, et nous l'avons déjà évoqué : pas de poubelle ! Encore que, nous verrons plus tard que certains vortex pourraient bien être des déchetteries cosmiques où tout y est recyclé même... Mais n'anticipons pas !

« Et plus l'Univers grandit, plus son équilibre doit être maintenu par le Super Univers et les Consciences éternelles. Il faut bien vous rendre compte que vous ne percevez qu'environ 5 à 10 % de notre Univers, et ce que les physiciens appellent matière et énergie noires (parce qu'ils n'y voient goutte), ne sont autres que l'Énergie du Super Univers qui donne sa cohérence à son bébé. Et c'est d'ailleurs votre lumière basique avec sa vitesse limitée, qui agit en véritable barrage et vous masque le vrai « visage » de l'Univers. Ah, si seulement vous pouviez voir ne serait-ce qu'un aperçu de cette splendeur, vous seriez conquis à tout jamais ; toutes vos petites histoires humaines se dissoudraient dans la Réalité comme neige au soleil !

« Toute création, de la plus humble à la plus grandiose doit être belle, de cette beauté qui touche au plus profond de l'être, créant une émotion divine qui élève, s'approchant le plus possible du côté si mystérieux et numineux[5] de la « Demeure » de Dieu. Et il faut avouer que pour cette manifestation cosmique, la réussite semblait

5 Ce terme, plus large que celui de sacré, désigne ce qui est surnaturel, inexplicable. Le sentiment du numineux se révèle à l'être humain comme mystérieux, à la fois attirant et effrayant, échappant à son entendement...

assez parfaite; les télescopes ne vous révèlent que les 5% de l'indicible beauté de cette vastitude. Ne serait-ce que de votre petite fenêtre, vous pouvez admirer le ballet de la Lune, du Soleil, des galaxies, vous enivrer des étoiles, et vous laissez aller aux rêves... Et cela juste avec ces fameux 5 % de l'Univers matériel que vous pouvez observer ! Mais ceux qui peuvent retrouver quelques traces de ces connexions perdues savent...

Passer aux choses sérieuses

« Comme nous l'avons évoqué, cet Univers a été créé parce qu'il existe, nulle part et partout, l'Endroit du décor... Maintenant, pour ce qui est de notre côté, l'envers donc, il faut obligatoirement des atomes qui vont s'agencer pour matérialiser des molécules dont l'organisation aboutira à toutes sortes de formes, pour aller vers une certaine complexité. Beaucoup d'aventures, d'associations diverses et variées, de super explosions, de concrétions, de formations, sont nécessaires pour en arriver au petit système solaire, que vous autres, êtres humains de la Terre, habitez ! Mais savez-vous comment vous en êtes arrivés là ? L'avantage d'être un élément aussi simple qu'un atome d'hydrogène est que j'ai été partie prenante d'un nombre incalculable de mondes, d'êtres vivants, d'éléments. Je, moi, simple atome d'hydrogène, suis issu directement de L'Origine, mandaté par Dieu, et racine de tous les autres éléments !

Ah ! L'Amour !

« Oui, l'Amour indissociable à toute Source de vie, sublime ménage à trois, est celui qui nous unit, moi et mon alter ego, à un atome O… **L'Eau**, magique, divine, unique, à la prodigieuse mémoire, sans laquelle rien ne serait ! Notre amour s'appelle « liaison hydrogène » (nous sommes quand même les aînés !). Ensemble, nous sommes hydrophiles, c'est plus fort que tout, nous nous aimons, nous voulons toujours rester liés, si l'on veut nous séparer, nous formons tout de suite de petites gouttes qui cherchent à se rassembler[6] ! Mais nous sommes aussi copains avec tout ce qui nous entoure. Ah ! Sans lui, inutile d'imaginer un quelconque Possible de vie biologique ! La Source nous a imprégnés de Son Essence, de Sa Numinescence, de Sa Divinité ; H_2O est bien le Principe Divin Créateur incarné, et seule substance terrestre à pouvoir s'approcher autant de la Source. Oui ! C'est un élément subtil, capricieux, fougueux, impétueux, parfois déchaîné, mais aussi souple, doux, suave, caressant, indispensable, fondamental, pure Merveille des

6 Les molécules d'eau ont une polarité, c'est-à-dire, un « côté » positif et un « côté » négatif, et à la manière d'aimants, s'agglutinent entre elles. Le côté positif d'une molécule d'eau attire le côté négatif d'une autre molécule. Les grappes de molécules ainsi constituées portent le nom scientifique de « clusters ». Dans une eau stagnante (bouteilles, tuyaux, mares, les clusters deviennent des macros clusters regroupant 15 à 80 molécules, ce qui n'est pas naturel. L'eau ne peut plus chanter la mélodie de la Vie, alors que dans un torrent de montagne, son mouvement permanent empêche ces macro clusters de se former. Elle se compose alors de molécules libres et de micro clusters de 2 à 6 molécules, et se trouve alors dans son véritable état d'eau micro structurée ; c'est ainsi qu'elle est porteuse de vie et de mémoires. Mais agglutinée en macro cluster, elle perd une partie de ses qualités de solvant, participe moins efficacement à la digestion des aliments, véhicule avec difficulté les micronutriments vers les cellules et pénètre moins facilement à l'intérieur des mêmes cellules. Son rôle essentiel de « nettoyant cellulaire » et son impact en matière de détoxication cellulaire s'en trouve amoindri.

Merveilles ! L'Eau, qui se souvient de tout, se faufile partout sur Gaïa, dessus, dessous, en l'air, creusant, décapant, sculptant, en fait, toujours en travaux, travaux dont vous pouvez admirer les œuvres sous leurs multiples aspects ; elle circule dans le minéral, le végétal, l'animal ! Elle se gorge des minéraux et des mémoires qu'elle trouve sur son passage, informe, transmet le Message originel, tant sur Terre que dans l'espace. Des vallées aux grottes, des plaines aux canyons, des chutes aux lacs ; nous abreuvons tout ce qui vit, nous adorons tout ce que nous côtoyons et nous en assimilons la forme pour la transporter partout sur la Terre et même au-delà ! Oui, c'est en grande partie ce qui fait évoluer toutes choses : partout où nous allons, nous enregistrons toutes les formes, toutes les mémoires et ensuite, laissons empreintes, modèles, plans, schémas et nous constituons les corps de tout ce qui vit. C'est aussi comme cela que les futurs Êtres ont réussi à générer autant de diversité. Tantôt vapeur, nous bougeons dans tous les sens, on s'éclate dans les nuages pour retomber en pluie, neige, grêle, nous allons ensuite dans les cascades, les torrents, les rivières, les fleuves, la mer, et repartons vers le ciel.. Et puis, glace pour se reposer un peu, c'est le repos syndical en quelque sorte ! Et il y a même eu des périodes où c'était le grand sommeil, quand Gaïa n'était qu'une énorme boule de glace, il y plus de 2 milliards d'années, les océans gelés sur 1 km de profondeur ! Le réveil, dans ces cas-là, long et fastidieux, peut se montrer un peu pâteux, mais la divine Mémoire se réactive, et la vie, grâce à nous, repart très vite...

De bons amis

« Comme vous voyez, depuis le tout début, nous avons fait du chemin, et on s'éclatait avec notre copain O, pas prétentieux pour deux sous malgré ses 8 protons et électrons. Il est vrai que nous étions là avant lui, et nous, la grande famille des H, sans vouloir faire de l'anthropomorphisme, nous sommes de grands philanthropes. Nous aimons tous nos copains atomes, et nous nous associons volontiers avec d'autres atomes, ce qui fait la profusion et la diversité du monde. Mais moi, Petit H, je suis toujours fidèle à O qui, sur Gaïa, était l'enfant des plantes (bien sûr, le modèle était déjà présent dans le cosmos). Avec lui, c'est à la vie à la mort ! J'avais suivi sa naissance ici pas à pas ; ce sont les cyanobactéries, de leur petit nom, algues bleu-vert qui, avec un programme intégré parfaitement défini, inventèrent la photosynthèse en s'arrangeant à capturer le carbone contenu dans le CO^2, métaboliser le sucre pour se nourrir et rejeter... de l'oxygène ! On peut penser que ce fut le début de l'élévation de sa concentration dans l'atmosphère de Gaïa. Que nenni ! À peine né, ce petit philanthrope a-t-il commencé à batifoler avec tous les éléments qui se trouvaient dans les parages, comme moi, mais aussi le carbone, le soufre, le fer... Les atomes sont trop heureux de trouver des copains pour pouvoir se transformer en d'autres éléments : certains sont fidèles, mais d'autres volages...

« Enfin au fil du temps, ayant satisfait tout le monde, il a fini par rouler pour lui, et atteindre dans l'air une concentration suffisante et idéale pour la majorité des êtres, tant végétaux qu'animaux, vivants sur Gaïa.

La Complexité ? On y vient, on y vient...

« Maintenant, si les premiers assemblages de molécules, dont les acides aminés, restent assez simples et peuvent se faire automatiquement depuis l'impulsion de départ, ces dernières, pour arriver à la vie sensible et palpitante, vont passer un stade qui lui, demande une Intervention consciente : le vivant ! Car pour passer des chaînes d'acides aminés aux protéines qui sont des macromolécules, briques essentielles de chaque cellule présente sur Gaïa, il faut l'ADN ! Ces macromolécules ont de multiples fonctions : elles agencent la structure de la cellule, catalysent les molécules présentes pour obtenir de l'énergie ou bâtir des composants cellulaires. Elles sont aussi affectées au nettoyage. Elles vont donc former des cellules, puis des organes, puis des corps qui vont évoluer, et dont l'ADN pourra stocker des informations. Enfin ! sur le plan purement matériel, car nous allons bientôt voir que la matière est loin d'être seule. Arrivées à ce stade, toutes les subtilités de ce bel Univers pourront enfin être appréciées à leur juste valeur !

« La Nature de tous ces mondes, porteuse de cartes mères bien déterminées, avait donc façonné, sous la direction avisée des élémentaux, les règnes minéral, végétal, et animal. Mais dans ce dernier règne, il fallait encore un petit supplément pour parachever cette grande œuvre, car ces mondes, comme nous l'avons déjà évoqué, avaient le but d'enrichir la Grande Pensée universelle (Dieu), d'expériences dans ce qui était le plus éloigné d'Elle : la matière dense et matérielle. Mais pas que : de pures émanations divines, que l'on pourrait nommer « graines d'esprit », attendaient (oui, encore une fois, si l'on peut dire !)... Elles attendaient, il est vrai, avec une certaine impatience, de... s'incarner avec le magistral potentiel de devenir conscientes d'elles-mêmes ! Vous savez qu'une graine a un programme hautement élaboré en elle, et dès qu'elle se trouve dans un substrat adéquat, elle donnera soit une petite graminée de quelques centimètres de haut, soit un séquoia ! Elle a donc un logiciel intégré personnel, et ne pourra en aucun cas donner autre chose que ce pour quoi elle a été programmée.

« C'était donc une toute nouvelle expérience : ces graines, « embryons » divins en quelque sorte, futurs esprits accomplis arrivés à la pleine conscience, étaient destinés, au terme de leur mission, à sublimer, transcender cette matière si grossière, la façonner. Faire évoluer ces planètes avec tous leurs écosystèmes sera donc leur mission, apportant leur quota d'évolution à ce merveilleux Univers pour qu'Il continue son chemin vers la Perfection Divine (en tous cas, au niveau de la Terre, entre autres, c'est ce qui était prévu !). Ce qui permettrait aussi à ces petites graines, une fois individualisées et arrivées au terme de leur « contrat », de retrouver seules le chemin de leur Origine, car de même nature que la Source, et normalement, immortelles et intemporelles. Mais elles allaient, en incarnant des corps humains, hériter d'un concept en même tant emblématique, crucial et fondamental : le libre arbitre ! Un libre arbitre normalement indéfectible qui allait les éloigner de la Source, avec l'éventuel piège de leur faire croire à leur omnipotence. Oui, un possible grain de sable peut s'immiscer dans cette belle ordonnance : l'EGO. Mais n'anticipons pas !

Expériences

« Pour un projet ayant pour but de transcender une matière grossière en une matière beaucoup plus subtile au potentiel spirituellement évolutionniste, les planètes telluriques semblaient se montrer parfaites. Et tant qu'à faire, autant peupler tout l'Univers avec ce modèle ! La grande Source, ayant déjà invoqué la vie sous toutes ses formes sur un nombre incalculable de planètes, passa ensuite la main à la Source qui allait abreuver Gaïa. Elle l'imprégna de sa pensée avec en prime, une besace[7] où se trouvait une boîte de Petri, pleine de petits chromosomes X tout mignons qui frétillaient en se tortillant avec leurs petits bras et leurs petites jambes sans savoir ce que l'on attendait d'eux. Et dans une petite poche spéciale de la besace, quelques superbes torsades d'ADN nouvellement élaborées, base universelle de Vie biologique dans cet Univers. Tout là-haut, bien attentives dans leur vaporeuse et immatérielle « corbeille », d'adorables petites graines d'Esprit observaient avec le plus grand intérêt – se poussant gentiment du coude pour être au meilleur poste –, les moindres « faits et gestes » de la Divine Pensée pendant que cette dernière assemblait les petits chromosomes X sur une magnifique torsade d'ADN de la meilleure qualité.

— Sur une si belle Terre nous allons vivre !

— C'est quoi, « vivre » ?

— On ne sait pas trop, mais Dieu nous a promis qu'à chaque expérience terrestre, nous reviendrons avec plein de connaissances.

— Ah ! Quel genre de connaissances ?

---

7 On trouve d'ailleurs de nombreuses représentations de dieux Anunnaki tenant à la main une sorte de petit sac !

— Ben ! Par exemple, nous allons connaître les sentiments, les Émotions, l'Amour, l'Empathie, la Compassion et même la Création, car nous aurons le Pouvoir créateur, et puis plein de trucs que l'on ne sait même pas ce que c'est. En plus nous sommes chargées de mission…

— C'est sûr ? Et si cela ne marche pas ?

— Tu rigoles, Dieu a tout prévu… Enfin, j'espère !

— Oui ! Oui ! Cela nous plaît à nous de faire des expériences, s'écrient les petites graines en sautillant !

— C'est quoi, des « expériences » ?

Dans un coin de la corbeille, une petite graine se renfrognait :

— Je ne veux pas y aller, j'ai peur !

— Peur ? Tu vois Lili, tu connais déjà un sentiment, bon, ce n'est peut-être pas le meilleur ! Non, tu as juste un peu le trac comme notre ami l'atome d'hydrogène, celui qui a ouvert le grand bal cosmique. Tu vois maintenant comme il est content ? Tu ne peux pas rester éternellement une graine. Nous devons germer, pousser, grandir, devenir les plus belles fleurs ayant jamais existé ; aller vers la Perfection. Notre mission consistera à façonner, créer un riche écosystème sur cette Terre, et ainsi enrichir cet Univers-là de nos expériences et connaissances acquises dans la matière, pour revenir, si nous avons bien grandi, fusionner, dans un premier temps avec la Source de la planète, peut-être ensuite, la grande Source pour qu'Elle engramme à son tour, tout ce que nous aurons appris…

« De plus en plus impatientes, elles sautillaient en gazouillant, observant attentivement la Source parachever son œuvre ; c'était à qui sauterait en premier ! De toute façon, Dieu, la Grande Conscience, avait bien dit qu'il y en aurait pour tout le monde, tout en sachant aussi que l'enthousiasme du début pourrait, si les choses se gâtaient, ne plus déclencher d'aussi joyeuses vocations.

« Mais pour que la graine d'esprit puisse germer et pousser dans les meilleures conditions, il faut un milieu beaucoup plus subtil qu'un corps aussi dense, même si ces premiers corps avaient un niveau vibratoire plus élevé, donc d'une matière beaucoup plus fine que le vôtre dans les temps présents. La Source allait alors exprimer d'elle-même dans une fulgurante Lumière, une « Matière » d'une extrême subtilité, impalpable, éthérée, éternellement connectée à Sa Nature divine, réceptacle sacré appelé Âme dont la fonction sera d'engrammer toutes les mémoires de la vie, et qui allait subtilement s'immiscer dans toutes les cellules du corps physique, et l'envelopper d'une douce Lumière juste avant l'incarnation des graines d'esprit. Cette « Enveloppe » sera, tout au long d'une vie, le réceptacle de toutes les expériences vécues et un lien entre le corps et ces petites entités spirituelles qui allaient grandir, grandir, éternellement connectées les unes avec les autres (enfin, c'était ce qui était prévu!) ...

Et Dieu créa la femme…

« Ainsi, nos petites entités espiègles se tenaient prêtes à faire une expérience de vie dans cette humanité qui semblait s'annoncer. Et comme sur une ligne de départ, elles s'apprêtaient à bondir dès qu'un corps aurait été conçu.

« La Source, ayant assemblé avec le plus grand soin les petits chromosomes X sur cette magnifique torsade d'ADN à laquelle elle insuffla, en un « geste » – créateur bien évidemment –, le langage codé le plus dense et le plus élaboré que vous connaissez, le langage de la Vie, le langage de l'ADN, sortit alors, de son chapeau… une superbe Créature ! Flottant sur une couche immatérielle, elle semblait dormir et n'avait pas cette opacité qu'ont vos corps dans les temps présents ; la Lumière pouvait la traverser. Encadré de boucles brunes tombant sur ses épaules, son visage, aux traits finement dessinés, paraissait sans expression et sa peau, toute lisse. C'était complètement nouveau sur Gaïa – sauf les vers et certains nouveau-nés, les autres espèces ayant soit poils, plumes ou écailles, mais on ne discute pas les idées d'un dieu créateur, si saugrenues soient-elles ! Oui, cette peau, lumineuse et irisée, douce comme celle d'une pêche, avait cette transparence et cette sublime couleur indigo du ciel quand les premières étoiles commencent juste à la tombée de la nuit, à révéler leur présence ; une poitrine galbée à faire pâlir un arc-en-ciel ; des fesses rebondies comme des boules de brioches ; des cuisses finement musclées, des épaules joliment arrondies ; **qu'elle était belle !**

« À ce stade de la Création, il faut bien comprendre qu'il ne s'agit que d'un corps, c'est-à-dire un contenant, mais un contenant avec toute une « mécanique » ultra perfectionnée, mais encore non opérationnelle ! Maintenant que vous avez des ordinateurs, je peux faire une comparaison simple. Vous venez d'en acquérir un, tout neuf, tout rutilant (sans traces de doigts ou autres estampilles ayant peu de rapports avec l'informatique !), avec plein de logiciels tout neufs aussi (qui ont, soit dit en passant, demandé un créateur !) : la première chose à faire est de le brancher sur une source d'énergie. À ce stade, à part le petit voyant de charge, il ne se passe pas grand-chose. Et puis vous allez vous mettre devant votre machine, et l'ouvrir ! Et là, c'est comme s'il se mettait à vivre ! Oui, sans vous, que serait ce boîtier ? Il va se charger de tout ce que vous avez envie d'y mettre et interagir avec d'autres ; vous allez activer sa mémoire vive avec votre personnalité...

« Nous en sommes donc à ce stade de la Création : l'ordinateur est devant vous, prêt à être utilisé, mais vous ne l'avez pas encore touché ! La Source se mit alors à rayonner, et telle une haleine providentielle, un halo vaporeux nimba instantanément la créature de son enveloppe subtile qui allait, en se densifiant jusqu'au contact du corps, se mettre en symbiose avec lui et lui survivre un temps plus ou moins long après la mort de ce corps. C'est L'Âme qui transmettra à l'Esprit toute la mémoire acquise pendant sa vie, c'est Elle qui ressentira des émotions, qui pourra souffrir si Elle est mal nourrie, et sublimer l'être si elle reçoit de bonnes « Nourritures émotionnelles et surtout spirituelles ».

« À peine cette indispensable intervention achevée, le visage, toujours sans expression, s'anima d'un indicible sourire, mais la vie n'y pétillait pas encore (c'est le courant, le voyant de charge de votre ordinateur). C'est alors que Lili, la petite graine d'esprit timide, sauta dans le corps endormi ; « Lili, s'écrièrent les petites graines d'esprit, tu es la première ! Bravo, nous sommes fières de toi ! ». Instantanément, L'Être ouvrit ses grands yeux ; bordés de longs cils – ils étaient marron –, illuminés de multiples paillettes vertes et bleues scintillantes ; ce regard sublime, doux et pétillant de vie, reflétait toutefois une volonté farouche et fière. Puis, lentement, comme pour tester cette merveilleuse machine, avec une grâce innée, elle se mit debout. Tous les atomes présents étaient sous le charme de sa prestance, de son irradiante beauté (c'est tout juste si l'on n'entendit pas des sifflements !), et grâce à l'intrication, la nouvelle se répandit instantanément dans cette partie de la galaxie. Chacun voulait se faire respirer, avaler, l'accueillir dans les sources et les rivières où elle n'allait pas manquer de se baigner. Un charme fou, une allure enfantine, néanmoins altière, mutine et joyeuse couplée avec une incomparable délicatesse ; c'est sûr, nous allions rapidement nous habituer à cette nouvelle forme... Voilà, votre ordinateur est connecté au réseau, et vous allez le faire « vivre » !

« Vous comprenez maintenant que l'Âme et l'Esprit, comme le courant qui fournit l'énergie et l'humain qui va utiliser l'ordinateur, sont indispensables au corps tout en en étant indépendants.

Précautions

« Lili avait donc instantanément germée, radieuse et lumineuse, elle ÉTAIT, et en communion instantanée avec non seulement tous les règnes, mais l'Univers, la Source créatrice, et même Dieu dans son Super Univers, car elle-même était devenue aussi infiniment plus modestement bien sûr, une créatrice incarnée : elle avait la capacité de manifester toutes ses pensées, et ainsi, interpréter la Divine Partition. Comme son Âme et son Esprit étaient à l'image de la Pureté originelle, il n'y avait aucun danger.

— Lili, lui dit alors la Grande Créatrice, te voilà prête à faire cette expérience unique de la Vie sur Terre. Ce corps de matière encore très éthéré que j'ai conçu d'après les Plans de Dieu est parfait, et tu devras en prendre un soin tout particulier, car il est ton véhicule dans ce monde, c'est une machine biologique ultra perfectionnée qui, bien entretenue, a un pouvoir de régénération très puissant et ne doit jamais « tomber en panne ». Tu auras aussi, par la force de ta pensée, le pouvoir d'agir sur tes gènes si tu en éprouves le besoin, mais bien entendu, avec le Discernement que je te donne.

— Nous aussi nous voulons venir, nous aussi nous voulons faire une expérience sur cette Terre-là !

— Mais bien sûr que vous allez venir, Lili s'ennuierait sans vous !

Mise en garde

« Alors instantanément, Gaïa fut peuplée de ces Êtres magnifiques !

« Puis ainsi parla la Source :

– Cette planète est maintenant votre demeure et vous attendait depuis bien longtemps ! Vous allez grandir avec Elle, et en tant que créatrices incarnées, avec l'aide des élémentaux. Votre mission sera de créer une Nature riche, parfaite, et aider tous les autres règnes à évoluer encore et toujours dans le sens de la Beauté, de la Perfection, vers une biodiversité raffinée de plus en plus subtile. Ma Source Fille, Âme de cette planète, attend que vous manifestiez, toujours dans la Joie et l'Amour, ce Pouvoir créateur qui vous a été donné par l'Être Créateur suprême (attention de ne pas confondre « pouvoir créateur » avec « l'Être Créateur », seul et unique.). Cette planète précise est destinée à devenir un modèle pour cette partie plutôt désertique de la galaxie, et vous, des exemples d'Intelligence, de Discernement, d'Empathie, d'Entente, de Perfection... La nuit, pendant que vos corps dormiront, vous pourrez revenir dans votre véritable maison, ici près de Moi à travers ma Fille, Âme de cette planète, pour me transmettre vos expériences et reprendre des forces pour affronter la journée où vous vivrez la vie des corps de matière. Votre ADN, entièrement décodé, vous maintient à un niveau vibratoire proche de celui de la Source de votre désormais planète. Vous serez ainsi les garantes des cycles évolutifs de la Terre qui, comme toutes les planètes habitées par des êtres biologiques, est protégée des radiations mortelles et dangers qui parcourent l'espace, par une ceinture[8] de particules énergétiques de grande densité et surtout, d'énergie beaucoup plus subtiles.

«Mais attention! Pour cela, vous devrez toujours maintenir la pureté de vos pensées, de vos actes, vivre dans l'Amour inconditionnel. La matière s'est formée par accrétion autour des premiers vortex en diminuant le haut taux vibratoire qui règne au cœur de toutes choses. Il en est ainsi, tant au centre des galaxies que des astres, des planètes, des cellules, des atomes. Mais la matière a une particularité comparée au pur éther qui règne dans les sphères de haut niveau vibratoire: elle peut densifier les déchets physiques mais aussi les pensées négatives qui peuvent former des égrégores de plus en plus denses, jusqu'à leur donner forme avec une apparence de vie qui se manifestera comme «forces obscures». C'est déjà arrivé dans cet Univers, et bien sûr, ces forces obscures n'ont pas été créées par la Grande Conscience, Dieu. Elles font partie des inconvénients et tracas de la matière dense qui normalement se régénère et se purifie seule, mais malheureusement, elles peuvent parfois se concrétiser jusqu'à créer un être au grand pouvoir d'imitation et qui pourrait alors générer des copies d'humains physiquement indétectables, mais au même pouvoir maléfique que leur inventeur! À la mort de leur corps physique, ces êtres n'ayant que l'esprit de ruche (car ils n'ont pas été dotés de cette fameuse petite graine d'Esprit!) n'auront, dans le meilleur des cas, que la possibilité de se fondre dans leur âme groupe, perdant ainsi la plus grande partie de leur individualité... Et je vous laisse le loisir d'imaginer ce que peut bien être cette âme groupe!

«Ce qui, bien sûr, leur fait très peur. Ils n'ont donc pas de sentiments, d'émotions, pas de conscience du bien et du mal, avec quand même une nette préférence pour le mal. Je vous mets donc en garde, car pour croître, ils ont besoin, de malheurs, de

---

8 La ceinture de Van Allen est une zone toroïdale entourant l'équateur et se situant dans la magnétosphère de la terre. Elle contient des particules énergétiques de grande densité, infranchissables et mortelles pour les êtres humains à l'aune de leurs connaissances actuelles. Elle est à l'origine des aurores boréales.

déréliction, etc., et de tout ce qui peut amener la souffrance. Ces êtres n'ont pas été créés par Dieu et la petite graine d'Esprit qui vous anime leur est totalement étrangère. Face à ce manque, ces êtres sont très jaloux des êtres humains et ne désirent rien de mieux que s'en faire des esclaves pour se servir de leur pourvoir créateur.

« Bien sûr, ils finiront obligatoirement par être intégralement dissous, mais peuvent réellement créer de grands tourments et attirer à eux nombre d'âmes qu'ils auront réussi à entraîner dans leur propre perdition. Et il en existe, hélas, dans l'Univers, générées par d'autres humanités qui, elles, n'ont pas respecté les Lois de la Vie et de la Nature... Je me dois de vous mettre en garde, car ici comme ailleurs, si ces lois venaient à ne plus être respectées, il se pourrait que des séquences de votre ADN restent muettes, désactivant du même coup, vos corps les plus subtils ; il en découlerait des désordres, dégénérescences et maladies de toute nature.

« Oui ! Un bas taux vibratoire peut de plus en plus densifier les corps et les pensées, produisant sans cesse plus de désordres émotionnels, de la dualité tant intérieure qu'extérieure, c'est-à-dire du Loosh[9] dont se nourrissent ces forces obscures bien présentes dans ces lieux éloignés du centre galactique, ce qui bien sûr les renforcerait. Les accompagne alors un cortège de conséquences déplorables : maladies, agonie, peur de la mort, cynisme, aveuglement, confusion, guerres, etc., qui rendent les êtres esclaves à ces forces qui ne rêvent que d'une chose : s'emparer de votre pouvoir créateur pour grandir, car sans Esprit et n'ayant pas été créées par

---

9 Ce terme vient de Robert Monroe : l'être humain, à travers les expériences de la vie, génère une énergie qualifiée de LOOSH (se prononce « louche »), de toutes qualités et de toutes sortes. Comme l'araignée produit les fils qui vont lui permettre de vivre et de se nourrir, les arbres émettent de l'oxygène et donnent des fruits, les mères ont du lait, les oiseaux chantent la beauté, la terre se couvre de végétation, etc., **l'être humain, lui, produit du Loosh**. Et ce Loosh, au fil des millénaires a perdu ses qualités premières : Amour, Compassion, Vertu, Sagesse..., car sont venus s'y ajouter tous les sentiments, attitudes et comportements de peur, angoisse, haine, vengeance, jalousie, envie, arrogance, présomption, agressivité, violence, etc.

Dieu, elles ne possèdent pas ce pouvoir créateur, et n'ont de cesse de s'emparer du vôtre.

« C'est pourquoi il est primordial que vous gardiez vos pensées pures, saines et belles. Prenez bien conscience de cela, et mettez tout en œuvre pour que cette connaissance se transmette jusqu'à vos lointains descendants. Les effets des pensées et des actes impurs, malsains et laids se répercuteraient immédiatement sur le corps physique, comme nous venons de le voir. La liaison avec l'Âme deviendrait de plus en plus difficile, et quand une Âme est en souffrance, l'Esprit ne peut plus évoluer dans le bon sens.

« Ce corps, tant que vous gardez votre Âme pure, restera jeune et vous le quitterez quand bon vous semblera, en gardant toute votre conscience et la mémoire de l'histoire de la civilisation où vous aurez vécu, et bien sûr, votre mémoire personnelle. J'ai placé dans votre cerveau un petit cristal[10] qui vous permettra de toujours garder le contact entre vous, la Nature, Moi, la Source de votre planète et même Dieu ! Chaque incarnation, délibérément choisie et planifiée, sera donc très fructueuse, et l'occasion de faire des expériences très différentes sans avoir à recommencer un apprentissage long et laborieux. Une fois que vous aurez quitté vos corps morts, les cellules, imprégnées de la mémoire de toutes les connaissances et enseignements que vous en aurez tirés, seront partagées avec les animaux spécialement conçus à cet effet, les charognards qui mangeront ce corps pour le recycler noblement, enrichissant ainsi, la faune, la flore, la Terre.

« Votre Esprit, quant à lui, reviendra vers Moi en transit, pour partager ces expériences qui, une fois analysées et transcendées, repartiront vers Dieu. Et quand l'Esprit aura fait toutes les expériences désirées, il pourra alors faire son Ascension, et continuer son chemin vers la Fusion ultime.

---

10 La glande pinéale

Surtout, ne pas perdre la Mémoire !

« Alors, encore une fois, je le redis, si au cours des millénaires, vos descendants oublient ce message, oublient leur origine, leurs corps perdront ce haut taux vibratoire qui les caractérise actuellement et les protège des forces obscures. Ils pourraient alors perdre leurs connexions universelles avec Moi, la Nature – animaux, insectes, arbres, plantes… –, et bien sûr entre eux. Ils pourraient, suite logique soufflée par les forces obscures, être amenés à se croire seuls, perdus dans un immense univers minéral sans vie, arrivés par le plus grand des hasards sur une petite planète quelconque bien sûr sans créateur !

« Si ce haut taux vibratoire baisse, ces protections se montreront de moins en moins efficaces contre ces forces obscures qui chercheraient toutes les occasions possibles de s'emparer des êtres ayant un Esprit et surtout un ADN manipulable, afin de s'approprier leurs pouvoirs créateurs, insufflant au passage des émotions négatives, du Loosh, pour s'en nourrir. Apparaîtraient alors densité et condensation avec tous les sentiments rendant les êtres malheureux qui deviendraient alors presque totalement hermétiques à toute spiritualité. Et soufflés par ces forces obscures, arriveraient cynisme, guerre, haine, vengeance (alors présentée comme quelque chose de naturel, de normal, de légitime), désir de puissance et peur comme moteur universel, le tout couronné par une sorte d'ironie acerbe. Les infortunés sous cette emprise auraient beaucoup de mal à refaire surface un jour, car ils se trouveraient pris dans la roue infernale du karma que ces forces obscures, encore elles décidément, prendraient bien soin de promulguer comme inéluctable.

« Nous l'avons vu, rien ne se perd, rien ne peut s'effacer, car il faut que chaque planète garde son équilibre. Gaïa, comme chaque être vivant, a un système immunitaire et un système de recyclage des déchets de tous les êtres vivants avec Elle hautement perfectionnés. Ces systèmes, s'ils ne sont pas entravés, sont infaillibles. Il en est de même pour la conscience !

« Mais tant que votre taux vibratoire est très élevé, ces odieuses forces ne peuvent en aucune façon vous atteindre, comme elles le font avec de nombreuses planètes. Après la mort de votre corps, votre Ascension sera immédiate, et vous pourrez évoluer vers des mondes plus subtils. Je le redis encore une fois, si par malheur vos descendants se laissent pervertir, une grande partie de leur ADN ne sera, non seulement plus décodée, mais aussi corrompue. Alors les dramatiques conséquences que je viens d'évoquer risqueraient d'arriver. Mais en tout cas, pour votre compte, je vois que vous êtes pleines des meilleures intentions du monde. »

Partition Divine

« Et pendant des centaines de milliers d'années, tout fut comme la Source l'espérait ; le meilleur des mondes possible !

« La si belle Nature, savamment équilibrée que vous pouvez encore admirer, est l'œuvre de ces premières créatures. La Divine Partition toujours en tête, elles en ont interprété toutes les subtilités dans la Joie et la Jubilation de la Création ; elles ont « simplement » mis l'Amour en forme avec Gratitude, et un talent que les artistes de tous les temps ont toujours tenté de retrouver pour amener l'être humain à sa vraie nature. L'Art authentique est là pour éveiller, faire résonner, vibrer en chaque être humain son ancestrale Origine. Beethoven le pressentait quand il disait : « s'approcher toujours plus de la divinité pour répandre (par l'art) son rayonnement sur le genre humain, il n'est rien de plus haut ».

« L'Art doit être sans cesse une spéculation entre la sensibilité, l'Émotion, l'Intelligible, le Beau, l'Harmonie, et résonner de façon positive en chacun. Hélas, ce que certains appellent « art » dans votre époque, ne fait que révéler des sentiments de peur, d'angoisse, de déréliction. Chacun voit la beauté au niveau de sa propre image...

« Ces Êtres étaient partout à l'ouvrage dans la Joie, l'Amour, la Gratitude et la bonne humeur, se reportant toujours à la Divine Partition pour la mélodie de la Vie. Je m'en souviens d'autant que leur « table à dessin » était l'Eau, l'Air, l'Énergie ! Et comme un peintre commence par dessiner le projet de ce qu'il veut réaliser sur sa toile, elles esquissaient leurs pensées, puis engrammaient tant les molécules du précieux liquide, que celles de l'Air en volutes des multiples énergies qui voyageaient ensuite sur toute la Terre. Ces premières « impressions » dispersées imprégnaient toutes choses, puis elles passaient à la réalisation, sculptant les formes, dessinant le délicat contour d'une fleur tout en nuance pour séduire les insectes, cherchant sans cesse l'harmonie, tant des formes que des couleurs, des fragrances que des mélodies, affinant sans cesse leur travail.

La Création était donc instantanée sur toute la Terre. Il fallait aussi veiller constamment au si fragile équilibre entre toutes les espèces, entourer d'Amour tout ce qui vibre, bouge, furète, respire, vit, animal, végétal, minéral, car même les pierres, le sable, la terre, avaient leur respect, elles agissaient toujours dans la Compassion, l'Amour, l'Empathie, la Beauté ! Le parfait équilibre des espèces n'avait pas besoin de prédateurs, juste des carnivores charognards pour le ménage ! Il n'y avait pas non plus de parasites ! Nos Créatures étaient capables de faire résonner dans l'air lui-même de sublimes musiques, dont vos compositeurs les plus doués ne font que retrouver des bribes... Et il en est de même de toutes les formes d'art ! Les êtres qui vous paraissent les plus doués ne font que remettre en service quelques gènes capables d'activer les connexions perdues, gènes qui sont muets chez la plupart des êtres humains, mais qui étaient totalement actifs à ces époques... Le but était, bien sûr, d'amener les êtres à la transcendance le plus facilement possible. Leurs vies étaient donc pleines à craquer, de SENS !

Et la Source créa l'homme…

« Pour moi, Petit H, comme pour tous, tout allait donc pour le mieux dans le meilleur des mondes. Et pourtant, un beau jour, l'on crut voir dans le comportement de nos si charmantes artistes, une petite anomalie ; devant les mamans et leurs bébés, elles avaient de gros soupirs, les prenaient dans leurs bras, les câlinaient, mais on sentait qu'elles aussi, auraient aimé avoir les leurs ! Si un bébé ou des bébés perdaient leur mère, elles en trouvaient toujours une à convaincre pour les adopter, surtout si celle-ci avait perdu les siens, et n'hésitaient pas à les prendre elles-mêmes en charge si aucune maman n'était disponible !

« Tout le monde avait un regard porté sur la Source. Avec un chouïa d'appréhension, mais soumise à une certaine pression, la Grande Créatrice ressortit sa boîte de Petri avec un léger soupir. Maintenant que les choses étaient lancées, la complexité aidant, il y avait forcément des expériences enrichissantes à faire pour tout le monde, et peut-être qu'avec un compagnon, elles auraient plus de facilité à encore améliorer ce monde d'Amour et de Beauté, leur principe créateur s'unissant ainsi à un principe Artisan, même si l'intention première n'était pas de faire des êtres sexués. Et sachez que la Source n'a jamais dit « croissez et multipliez », ce n'est pas forcément une bonne idée…

« Je fais une petite parenthèse ; dans cette présente époque, l'humain de cette terre est le seul prédateur à ne pas contrôler ses naissances en fonction des ressources. Il se conduit ainsi comme une proie dont les prédateurs contrôlent la prolifération ; l'humain aurait-il des prédateurs ? Posez-vous la question !

« La Source prit alors un chromosome X qu'Elle plaça sur une nouvelle torsade d'ADN, puis elle en prit un deuxième, qui lui se débattait (sans doute avait-il une idée de ce qui allait lui arriver !), et d'un coup de scalpel, lui coupa une jambe pour en faire un Y ! Puis Elle s'empressa de le poser à côté du premier, et ne sachant pas trop quoi faire de cette jambe amputée, elle la glissa, oui, là ! Oui ! Exactement là où vous pensez, juste à l'emplacement du futur entre-jambes, ce qui marquera la différenciation sexuelle. Peut-être un peu disgracieux et voyant pour la position debout, mais tant pis, de toute façon cela vient d'un chromosome humain et ne peut pas s'accorder avec un autre organisme ! Et cela ne vous rappelle pas quelque chose ? La bible ! Où un dieu est censé avoir pris une côte d'Adam pour faire Ève. Oui, bien sûr, c'est le contraire, une côte ressemble bien à une jambe de X !

« Une nouvelle fois, la corbeille des graines d'esprit a attiré les consciences éternelles désirant faire cette nouvelle expérience, une âme exhalée et hop ! Du même vaste geste créateur apparut un homme !

« Alors maintenant, dit la Source, il est à souhaiter que vos lointains descendants ne perdront pas la mémoire de leur origine, et ne feront pas de leur sexe un objet de domination... »

Principe artisan

« Il était aussi très beau sans avoir la délicatesse de Lili et de ses compagnes. Après tout, c'était un mâle ! En tout cas, sa carrure se présentait sous les meilleurs auspices pour un principe Artisan ; il était plus fort et charpenté pour des travaux plus durs. « Lili, lui dit alors la Source, tu as maintenant un compagnon, vous voilà unis pour la vie. Ensemble vous allez réaliser de belles choses et continuer à faire de ce monde un sanctuaire où toutes les espèces pourront vivre en communion. Chacune de vous aura aussi le sien, vous formerez des couples fusionnels où l'Amour, l'Harmonie, la Tendresse seront vos grandes forces. Vous aurez un ou deux enfants, pas plus, que vous élèverez dans la Joie et l'Amour, leur inculquant l'Empathie, le Discernement, le Sens des Responsabilités, de la Beauté, du Bon, du Juste, de la Sagesse, vous les guiderez sur les meilleurs chemins, pour en faire des êtres humains accomplis. Que la Nature soit leur meilleure école ! Vous allez donc connaître l'amour charnel, puis celui que vous porterez à vos enfants dont la conception et la naissance feront l'objet de cérémonies sacrées pour inviter les plus beaux Esprits à venir s'incarner ! Cependant, comprenez que cet amour peut être perverti, car il est beaucoup plus ordinaire que Celui que vous portez à la Création. Alors soyez toujours dans la Joie, l'Amour, l'Admiration, l'Enthousiasme, l'Émerveillement, la Félicité, l'Exaltation, le Rire, même les Larmes ! Surtout elles sont d'Émotion ! »

Grands travaux

« Et pendant encore des centaines de milliers d'années, il en fut ainsi. Les hommes entreprirent, en concertation avec leurs compagnes et l'aide, en parfaite harmonie, des élémentaux, les grands travaux de façonnage de la Terre : les montagnes, les vallées, les canyons, les grandes plaines, les fleuves, les deltas, les lacs, les océans enfin, tous les merveilleux paysages qui jalonnent Gaïa. Ils ont ainsi façonné ce monde à leur convenance, ainsi qu'à celle des végétaux et animaux, en continuant l'Œuvre divine, interprétant sa Partition selon leur sensibilité et leur propre lecture, pour faire l'enchantement de tous les êtres humains capables d'apprécier les beautés de la Nature.

« Aux toutes premières époques, celles de Lili, de ses compagnes et compagnons, il n'était pas du tout utile de s'exprimer oralement. L'Âme ensoleillée et l'Intuition reine permettaient de communiquer instantanément, communication d'ailleurs universelle, entre Esprits, mais aussi avec les autres règnes tant Animal que Végétal et Minéral. Communication rendue possible entre tous les êtres de la Nature, la Terre, l'Univers, la Source, grâce à la transcription intégrale de l'ADN et l'intrication quantique...

Les corps n'étaient pas encore de cette matière grossière des temps présents qui les rend imperméables à tout ce qui est d'ordre subtil. Nous autres, simples atomes, n'étions pas aussi contraints quand nous formions un corps au taux vibratoire élevé. La Lumière s'immisçait ainsi jusqu'aux cellules et les irradiait, Joie et légèreté dominaient. Le mental n'édictait pas son implacable loi et n'était pas le maître absolu. Le mensonge, la haine, la trahison, la vengeance, la guerre, n'existaient pas ; la Vie sous toutes ses formes était sacrée ! Le mythe, largement diffusé par les contes de fées, qui veut que chaque être humain ait quelque part sur Gaïa sa princesse ou son prince charmant, vient de cette époque !

Toute la Beauté du monde

« Les choses ont alors suivi leur cours, et la Source de cette planète dont la mission est de proposer sens, structure, signifier l'espace et le mouvement, s'enrichissait toujours et encore, formait autour de la planète une superbe Lumière irradiante chargée de Joie et de Bonheur. Toute la Beauté de cette Création vient de cette époque où les humains, dont les corps étaient beaucoup moins denses que dans l'époque actuelle, avaient un pouvoir créateur sur les autres règnes, minéral, mais aussi sur le Vivant tant végétal, qu'animal. La gravité terrestre n'était pas de même nature que celle des temps présents, et le magnétisme élevé donnaient à toutes les espèces une longévité de vie considérable qui n'a rien de commun avec votre courte et souvent maladive vie ! Vos séquoias, qui vous paraissent si grands, ne seraient rien moins que des bâtons de sucettes à côté des arbres de ces époques, hélas lointaines ! Ces géants flirtaient avec le ciel et pouvaient dépasser certaines montagnes. Chacun était comme une forêt et un véritable écosystème à lui seul. Souvent, leurs sommets se trouvaient dans les nuages, et ils attiraient la pluie comme bon leur semblait. Leurs feuilles avaient la capacité de transporter la lumière dans cette immense canopée ! Ils protégeaient la terre et un nombre incalculable d'espèces vivaient en leur sein. Le conte de Jack et le haricot magique ne fait qu'évoquer ce temps béni où Gaïa était en communication directe avec les cieux dans lequel aucun ogre ne vivait ! Ces êtres immenses et majestueux, dotés d'une Conscience, conseillaient même Lili, ses compagnes et compagnons, dans leur travail de création. Des cultes leur étaient rendus, ils étaient considérés comme sacrés et piliers autour desquels s'ordonnait l'Univers, tant naturel et physique que surnaturel et métaphysique. Ces arbres devenaient ainsi les agents privilégiés entre les trois mondes : les souterrains et les abysses, la surface de la Terre et le Ciel, manifestation par excellence de la Présence divine. Je ne me souviens plus si ces mastodontes sont morts naturellement avec la diminution du champ magnétique, ou s'ils ont été coupés ! Ce que vous prenez pour des montagnes plates ne sont que les souches minéralisées de ces arbres ! C'est un peu comme si une dimension avait disparu...

« En tout cas, il reste encore de ces temps sacrés la perfection des fleurs, des arbres, si petits soient-ils, des oiseaux, des insectes, des poissons, des reptiles et autres mammifères, et leurs relations avec la Nature. Le fragile et pourtant parfait équilibre que l'on trouve en chaque lieu, en chaque chose, est le témoin de ces époques bénies. Les charmantes créatrices étaient imprégnées des plus belles pensées, pensées qui prenaient ainsi forme. Les liens avec les mondes d'en haut n'avaient pas été rompus et elles étaient comme des abeilles travaillant à la construction d'une merveilleuse ruche ; une activité de création permanente qu'il fallait sans cesse équilibrer ; Beauté et Harmonie encore préservées de la Nature des temps présents en sont les vestiges incontestables.

Et le temps passe, avec quelques formatages…

« Et les humanités se succédaient, à l'intérieur desquelles des civilisations de toutes sortes se développaient très rapidement avec des technologies hautement sophistiquées, et toujours inspirées par la Nature. L'énergie libre (et gratuite, bien entendu !) leur permettait d'atteindre de hauts niveaux technologiques et de voyager tant sur Terre que dans l'espace…

« Gaïa était florissante, foisonnante, son magnétisme élevé permettait à tout ce qui y vivait, la santé, la beauté et la prospérité. Il n'y eut donc pas que des végétaux géants, mais aussi des humains, et bien sûr des animaux dont on retrouve encore quelques vestiges des plus petits. Ces civilisations atteignaient, en peu de temps, de hauts degrés de spiritualité et de développement, car les mémoires, tant des peuples que des humains, étaient préservées. Et la mort ? Personne ne la craignait ! Car tout le monde savait qu'il ne s'agissait que d'un simple changement d'état et/ou le passeport vers l'Ascension.

« Et quand la Source de la planète (son Âme), qui suit toujours les choses de loin tout en enregistrant toute l'histoire des humanités successives, estime qu'une civilisation a achevé sa mission en œuvrant pour le bien commun, une partie d'Elle-même ascensionne avec cette civilisation qui disparaît de la surface de la Terre avec une bonne partie de l'écosystème.

« Un reformatage complet sur de grandes périodes laisse très peu de traces matérielles, et les compteurs sont remis à zéro, mais l'Âme de la planète a soigneusement gardé des indices de la mémoire acquise qui va ainsi permettre à l'humanité suivante de repartir avec un capital mémorisé de connaissances. Comme nous l'avons vu, ces civilisations qui se développaient dans ces humanités ne possédaient pas une technologie lourde et dévastatrice comme la vôtre basée sur la chaleur et l'explosion. Leur pouvoir sur la matière n'avait pas besoin de cet arsenal infantile et destructeur dont vous êtes si fiers, car elles n'utilisaient que les merveilleuses subtilités de la Nature et du Ciel pour se procurer cette fameuse énergie en quantité largement suffisante à leur développement.

La dérive des continents, mais aussi, hélas ! d'autres dérives…

« La Terre est naturellement protégée de toutes les catastrophes par la ceinture de Van Allen. Parce que, c'est sûr, sans protection, les moyens ne manquent pas dans un tel Univers pour des opérations de remise à zéro ; météorites, sursauts gamma, volcanisme effréné, inversion des pôles et autres réjouissances… D'ailleurs, il en fut une que les protections de Gaïa ne purent éviter ; celle qui engendra la dérive des continents. Était-ce réellement une catastrophe ou une évolution ? Une planète proche de la terre, et qui suivait à peu près le même développement, a été détruite par l'inconséquence de ses habitants, chamboulant tout le système solaire. Certains débris forment maintenant ce que vous appelez la Ceinture d'astéroïdes et transitent entre Mars et Jupiter, encerclant d'ailleurs les quatre planètes telluriques !

« Mais au moment de l'explosion, ils étaient encore tous dispersés, et les plus gros sont venus heurter violemment Pangée, le seul grand continent où se la coulaient douce humains, dinosaures et autres bestioles. Fragmenté en cinq morceaux brutalement partis à la dérive pour former les continents que vous connaissez maintenant, débouchant au final sur une formidable diversité biologique et humaine.

« Nos créatrices de génie ont eu après cela un super boulot ! En effet, chaque parcelle va alors suivre une évolution différente, créant par ce fait, une biodiversité exceptionnelle dans cette partie de la galaxie. C'est pourquoi cette planète intéresse tant les peuples exogènes. Mais pour l'humain, ce fut un peu différent, car la belle union des temps primordiaux allait doucement se déliter. La planète, rudement bousculée, s'est alors penchée sur son axe par rapport au soleil, créant les saisons ; fini le farniente au soleil toute l'année, il va falloir lutter contre le froid. Les pôles ont gelé, enfermant du même coup une bonne partie de la mémoire contenue dans l'eau ! Nous y reviendrons. Est-ce la Terre, ballottant sur cet axe de travers et en proie à un grand trouble qui a attiré la lune pour se stabiliser, ou est-ce une autre civilisation évoluée qui l'a amenée ? je ne sais plus. D'ailleurs, vous êtes-vous déjà posé la question d'être les seuls à habiter une terre, d'avoir une lune et un soleil sans nom ? Les autres astres du système solaire ont un nom, mais pas votre Terre. Gaïa est très peu employée, il en est de même pour la lune, Séléné, et pour le soleil, Hélios ! Oui ! Les autres terres de notre système solaire et leurs lunes (Mercure, Vénus, Mars (Phobos et Deimos), Jupiter (Io, Europe, Ganymède, etc.), Saturne (Mimas, Tethys, etc), etc.) et les soleils répertoriés ont tous un nom : Proxima du Centaure, Alpha Centauri A et B, Sirius, etc. et encore, etc. Mais vous, vous êtes sur **une** terre, avec **une** lune, les deux tournants autour d'**un** soleil ! Et vous êtes des « t'es rien » !

« Conséquences ou pas, au fil des temps, insidieusement, il semblerait qu'il y ait eu des informations perdues. Bien sûr, il fallait aussi que chaque humanité sur ces continents séparés, fasse ses propres expériences. Mais les protections normalement invincibles que procure un haut niveau vibratoire n'ont plus été aussi performantes, comme si la création s'opacifiait, se recouvrait d'un voile occultant la vraie Réalité, celle de la Création primordiale.

« Les opérations de remise à zéro ont été de plus en plus dévastatrices, laissant des humains hagards, dans la confusion, perdant leur mémoire et de plus en plus soumis à des énergies plus élémentaires. Que se passait-il ?

« Et au lieu de devenir de plus en plus spirituels et continuer d'évoluer, ils ont commencé lentement à glisser vers le bas et perdre la Connaissance de leur Origine. Tout le contraire du bon sens, et du Bon Sens d'ailleurs, car ils perdaient une notion essentielle : ils ne formaient plus une entité unie, mais une multitude de races, ce qui n'aurait pas du tout été un problème s'ils n'avaient pas perdu en même temps, la communication transpersonnelle. Le cristal (la glande pinéale) a perdu de son éclat, et ce voile occlusif semblait s'être installé sur toute la planète avec l'invitation à s'inventer des dieux de remplacement, pas forcément très reluisants.

Pente descendante et glissante...

« Comme la Source l'avait évoqué, lentement mais sûrement, la Nature n'a plus semblé avoir autant de valeur pour les êtres humains, la Ferveur et le Respect dont ils faisaient preuve se sont transformés en domination, et ils se sont crus beaucoup plus malins. Il était clair qu'à partir de là, les nouvelles humanités perdaient du même coup leur haut taux vibratoire, s'éloignant inexorablement de la Connexion Divine pour aller se mettre de plus en plus sous le joug des basses fréquences qui règnent sur les zones très excentrées du centre spirituel des galaxies. De faux dieux se sont alors présentés à chaque tribu, pays, continents, se faisant passer, auprès de ces humains, pour de « vrais dieux » et divinités à leurs images selon les traditions de ces désormais différents peuples. Et pour cela, ces personnages peu recommandables avaient légèrement « bricolé » l'ADN des humains pour leur faire perdre le discernement, et du même coup leur mémoire ainsi que toutes leurs connexions. Facile ensuite de les enfermer dans des croyances, dogmes, rituels cruels et barbares pour leur faire générer du Loosh et s'en nourrir ; diviser pour mieux régner, c'est bien connu !

« Ces entités sans esprit, sanguinaires et cruelles, commencent donc toujours par s'emparer de la souveraineté de chaque être dans le but de lui voler son pouvoir créateur, puis de l'exercer exclusivement à leur profit. Alors, ces élohims, avec l'aide de ceux qu'ils favorisaient, prêtres, rois ou empereur ou simple valet à leur service, et en accord avec leurs propres semblables, ces « dieux », ont commencé la mise en esclavage de l'être humain devenu à leurs yeux un vulgaire bétail qu'il convient de diriger en tout, lui faisant croire encore à son libre arbitre. Et rien de tel que la religion pour asservir un peuple qui croit avoir un ou des dieux rien que pour lui ! Qu'il suffit de leur offrir de sanglants sacrifices ou des prières pour être exhaussés ! Qu'un certain dieu vous avait créés à son image ! Elle était bonne celle-là ! Oui ! Nous avons bien ri avec cela (encore qu'un peu jaune quand même !). Bref, vous étiez descendus bien bas, et devenus d'une matière beaucoup plus grossière, de plus en plus denses. Dès lors, vous étiez engouffrés en masse dans le cycle infernal des réincarnations imposées par ces faux dieux se faisant passer pour des guides, attisant la vengeance pour se nourrir de souffrance au fil d'incarnations aléatoires.

Chute libre

« Ces entités sans esprit ne veulent absolument pas que vous connaissiez votre véritable nature et votre supériorité sur elles, et font tout pour vous pervertir. Elles ont poussé à des guerres, encore et encore, guerres qui sont toujours monnaies courantes et même galopantes, pour tout et n'importe quoi, pour enrichir encore et encore les banquiers, les marchands d'armes qui se frottent les mains, et quand la paix à grande échelle est longue, il y a... il y a l'industrie pharmaceutique ! Mais voyons un peu comment cela est arrivé, j'ai capté une petite conversation rigolote comme tout (enfin moi j'ai trouvé, peut-être pas vous ?) :

— Tu m'as tué avec un couteau ? Attends un peu que je revienne m'incarner, je vais prendre un sabre pour te faire ta fête !

— Ah c'est comme cela ? Moi aussi, on m'a « conseillé » de revenir m'incarner, alors je vais pouvoir me venger. Justement, on vient juste d'inventer le fusil, pan, et voilà !

— Moi, j'ai attendu pour m'incarner que l'on invente le canon, c'est tout nouveau, ça vient de sortir et je vais tuer toute ta famille !

— Rigolo ! Moi j'ai attendu les bombes, et avec des avions je vais bombarder tout ton pays !

« Et voilà ! Conseillé et conditionné par ces entités sans esprit, les humains sont maintenant bien installés dans le cycle infernal des réincarnations, perdant leur mémoire pour recommencer toujours, dans cette roue infernale, les mêmes rôles bourreaux-victimes dans un triste jeu éternellement le même ; des guerres, massacres, affrontements, conflits de toutes natures : internationales, politiques, de voisinage, familiales, etc., sans discernement, sans rien apprendre de la conséquence de leurs actes. Et cela continue, écoutez la suite :

— Coucou, c'est moi, tralala ! Tout marche pour nous comme sur des roulettes, maintenant nous avons enfin réussi à nous incarner dans des corps humains ! Nous nous amusons maintenant comme des fous de toi et de tes copains. La route fut longue et fastidieuse, mais là, nous avons quasiment gagné. À force de luttes menées contre tous ceux qui préconisaient la Paix, la Connaissance, le Bon, le Juste et toutes ces débilités d'humains sensibles et généreux, nous avons réussi à faire descendre votre niveau vibratoire, et ainsi, de nous emparer de votre Création. Oui, maintenant, la Terre nous appartient et depuis un bon moment, car déjà, quand Dieu a envoyé, venant directement du super Univers, une émanation de lui-même en la personne de Jésus, nous avons tenté de le corrompre avec ce qui pourtant marchait normalement très bien avec les humains. Comme le monde nous appartient désormais, nous pouvons faire des marchés ; je te donne ce qui m'appartient : royaume, terres, peuples, richesses, or, diamants, pouvoir, notoriété, et en contrepartie tu me donnes... tonpouvoircréateurtonEspritettonÂme ! Un marché avec Dieu paraît, pour ceux qui ne voient pas beaucoup plus loin que le bout de leur nez (même s'ils l'ont long), beaucoup plus aléatoire. Car Dieu ne peut donner à ceux qui suivent son chemin, que ce qui lui appartient : la Vie éternelle dans l'Amour, la Félicité et la Joie, la Connaissance ultime... mais beaucoup trop subtile pour des êtres humains avides comme je vous ai rendus et qui veulent tout, tout de suite. Avec Jésus, que j'ai tenté dans le désert, je suis tombé sur un os ! D'une très haute montagne, je lui ai fait voir tous les royaumes du monde avec leur gloire : « *Tout cela, je te le donnerai, si tu te prosternes pour m'adorer.* » Il m'a envoyé paître ! Mais cela ne lui a pas porté chance... Nous l'avons rapidement neutralisé, non mais sans blague ; les choses auraient pu nous échapper ! Tu as sans doute pu apprécier au fil des siècles le sort que nous réservons à tous ceux qui se mettent en travers de nos plans !

Gloire à la peur,
les sages à la trappe

« La peur, cela fait réfléchir n'est pas? Des trucs du genre « aimez-vous les uns les autres », « traiter autrui comme soi-même » (c'est là que nous avons inventé le masochisme, pas mal trouvé comme parade à ces sornettes!), « chasser les marchands du temple »... C'est à partir de là qu'a germé en nous l'idée d'une matrice artificielle ressemblant un peu à l'Originelle, mais dans laquelle nous aurions le pouvoir absolu, instaurant la peur, surtout celle du manque, et puis l'avidité de posséder... Un puissant réseau des futures banques avec tout ce qui s'en suit ferait très bien l'affaire... Oui, c'est moi, enfin une émanation de moi-même (j'en ai plein!) qui ai dit : *« Donnez-moi le pouvoir de créer la monnaie, et je me moque de qui fait les lois »*[11] ! Et nous l'avons fait! Et vous voyez bien tous les jours que les lois, je m'en tamponne le coquillard! Donc, Jésus, au final, il nous a bien rendu service, car nous avons complètement récupéré son enseignement stupide, pour en faire une religion basée sur la souffrance et la peur (bouh, le vilain dieu qui va vous punir si vous n'êtes pas soumis). Nous vous avons raconté qu'il était venu exprès pour se faire trucider, et qu'il vous avait ainsi lavé de tous vos péchés (oui, le fameux péché originel inventé de toute pièce, mais ensuite vous vous êtes bien débrouillés tous seuls), et vous le croyez toujours, c'est dire! Elle est bien bonne n'est-ce pas! Vous assassinez de la plus odieuse façon un homme venu vous apporter l'Amour, et hop, votre conscience est devenue limpide (comme de l'eau d'égoût! beurk!) ». Les femmes, qui connaissaient la nature et les plantes, nous les avons brûlées ; c'est vrai, elles ne rapportaient rien! Nous préférons vous empoisonner avec des médicaments qui nous enrichissent! Tu sais, j'ai été l'Inquisition, je vous

11 Mayer Amshel Rothschild

ai enfermés dans une prison mentale en vous éloignant des lois universelles, de la Nature, de votre véritable nature, de votre être intérieur. Je vous ai faits complètement dépendants de mon système, et je poursuis ceux qui auraient des velléités d'indépendance. Sang, exil, tortures, assassinats, bûchers, prisons, bagnes... furent et sont toujours ma réponse foudroyante (avec les progrès de la science, nous avons fait évoluer nos manières de faire), surtout s'il s'agit d'une personne ayant de la notoriété et ne m'obéissant pas (comme un président par exemple) mais valable pour tous ceux qui se mettent en travers de ma route ! Maintenant, j'ai une apparence humaine, c'est moi qui ai le pouvoir ! Finis les rois de droit divin ou les présidents au code moral ! Plus à la mode, ça ! C'est moi qui les choisis en vous faisant croire que c'est vous ! Je suis milliardaire ! Je peux tout, absolument tout acheter, je suis le fameux « complexe militaro-industriel », je suis les labos pharmaceutiques (en ce moment ça marche du tonnerre de feu de dieu !), je tiens tous les rouages de vos sociétés, je déclare des guerres comme bon me semble pour servir mes intérêts. C'est moi qui ai organisé cela depuis le début.

Le goût du sang!

« Je fabrique de l'argent, des tas d'argent que j'ai institué comme étant le moteur de ce monde, j'ai inventé l'usure pour en avoir encore plus. Je vous donne de belles vitrines pour créer des besoins, vous forcer à consommer. Pour cela, je vous prête de l'argent que je fabrique et je vous fais payer des INTÉRÊTS! Je vous ruine et je ruine vos pays. J'ai eu un peu de mal pour arriver à mes fins, car les religions, qui ont quand même quelques bons côtés pour vous, réfutaient le prêt d'argent avec intérêt, le considérant comme immoral, mais cela n'a pas été trop dur de les corrompre, et maintenant ils jouent presque tous le même jeu que nous! Et puis nous avons mis en place, en France, pays un peu contestataire, une Révolution... Maintenant, plus de morale, de religions, le sexe et les jeux à outrance, et entre temps, je te fais travailler pour « gagner ta vie » en te faisant croire que c'est ce qu'il y a de mieux ici et je te pique ton pognon et ton énergie. J'entretiens en toi la peur et l'espoir; comme cela, tu ne te révoltes pas, car tu es dans l'envie de devenir aussi riche que moi. Et tu n'y arrives pas, sauf quelques-uns bien corrompus, juste pour la vitrine. Forcément, cela vous rend tous agressifs, vengeurs. Et tu sais quoi? Enfin non, tu ne sais pas encore vraiment, mais j'aime voir le sang couler, je m'en régale aussi, surtout celui des enfants! Je t'ai donné l'exemple, et tu me suis avec zèle, je m'amuse encore en petit comité, mais tu te débrouilles très bien avec tes copains. Félicitations!

Oui, le sang, la douleur, les énergies de souffrance sont mes nourritures préférées, j'aime leur fumet. Déjà, quand j'étais Yahvé, je préférais les sanglantes offrandes d'Abel, égorgeur d'agneaux, et négligeais les fruits et légumes du jardin de Caïn, que j'ai réussi à excéder jusqu'à ce qu'il tue son frère! On en parle encore et tout le monde trouve que Caïn est méchant; tu vois comme on te manipule... C'est pour satisfaire ce goût du sang et de la souffrance qu'avec ton aide j'organise des festivals de toutes sortes: guerres, attentats, maladies, etc. Tiens, par exemple, la Révolution française, vous pensez que c'est le peuple qui s'est révolté ? Pas du tout, nous avons envoyé des mercenaires qui ont fait le travail ! Bien sûr, avec la libération du prix du grain pour affamer les gens et autres babioles pour pouvoir offrir des coupables, le terrain était bien préparé... Nous n'hésitons pas à massacrer les nôtres pour une grande œuvre, et nous sommes arrivés à nos fins : la démocratie ! Maintenant tout le monde se dispute, la droite, la gauche, le centre, les entre-deux... Oui, car le roi ne pouvait pas faire n'importe quoi, c'était un état de droit, et tout le monde regardait dans la même direction. Maintenant vous croyez avoir le pouvoir ? Que nenni ! Nous ne cachons rien, notre ami Tocqueville l'avait bien dit : *« Je ne crains pas le suffrage universel : les gens voteront comme on leur dira »*. Ce qui ne s'est jamais démenti depuis et avec la tricherie à grande échelle, nous arrivons à mettre en place nos propres valets. Non, quand vraiment le peuple se révolte, comme pendant la Commune de Paris ou autres, nous les massacrons tous... Et cette illusion du choix vous enlève toute velléité, ce qui nous donne un consentement tacite de votre part, nous en avons besoin pour être en règle avec les lois cosmiques : **qui ne dit mot, consent !** Nous avons volé les connaissances des initiés qui étaient restées cachées pour ne pas que leur usage soit détourné à des besoins personnels et passions impures, mais nous avons été plus malins... Voyez, vous n'êtes plus pour nous que des unités à production de Loosh.

Couches bâillon-muselière pour tout le monde (sauf nous !)

« Finalement, il ne nous a fallu, avec mes collègues, que quelques centaines de siècles pour arriver à nos fins et le tour est enfin joué. Nous avons maintenant un grand projet pour vous isoler encore plus dans vos boîtes respectives (vous adorez cela, les boîtes) : vous ne faites que pianoter sur vos petits claviers toutes sortes de banalités, et les écrans de toute nature, pour bien vous cadrez, captent ce qui vous reste de discernement, et vous éloignent de votre vraie nature héritée des premières humanités. Et plutôt que de porter votre regard vers le haut, vers des dimensions supérieures, vous ne voyez plus le monde qu'en 2D, ce qui nous permet encore de bien mieux vous contrôler et de nous gaver de toute votre énergie. Je fais plein de faux billets et d'argent factice, je vous le prête avec intérêts, et plus vous êtes pauvres, plus les intérêts sont GROS. Actuellement nous dominons le monde en maintenant le réseau social par l'abrutissement avec toutes sortes de manifestations diverses et variées : sports et variétés à grands spectacles, élections, manifestations, sexe, clips et films sataniques, etc., et nous pouvons jouir du pouvoir sans souci et nous bâfrer de Loosh à la louche ! Vous êtes mes esclaves et je n'ai même pas à vous enchaîner, c'est vous qui demandez notre protection.

« Il suffit que je vous fasse peur avec la mort, dont nous avons soigneusement caché à ceux qui voulaient l'entendre – et surtout grâce aux « philosophes des Lumières » – qu'elle n'était qu'un changement d'état de conscience, pour vous faire croire n'importe quelle super sornette, comme une épidémie et tous vous confiner chez vous (confinement, finement cons ? Plutôt grossièrement cons !) et avec l'obligation, pour des sorties très limitées, de vous faire vous-même un certificat de sortie ! Et hop, tout le monde dans la combine ; trois milliards de personnes s'enferment et ont peur les unes des autres, font carnaval avec des masques bâillons qui les empoisonnent en respirant un air vicié, en ne prenant pas assez d'oxygène qui alimente de cerveau (vous avez ainsi la réflexion en berne !). Et puis, pour encore vous « protéger », vous courez vous mettre toutes sortes de produits toxiques qui bousillent le petit microbiote qui protège vos mains ! Tuer un soi-disant virus alors que vous en portez des milliards ! C'est à hurler de rire ! On vous éloigne les uns des autres, ne vous touchez pas ! Ne vous embrassez pas ! Ne vous approchez pas de vos amis, de vos voisins, de votre famille, ne vous réunissez plus dans la convivialité (ben oui, il vous restait encore cela), vous ne pouvez même plus échanger un sourire ! Le sourire est pourtant une chose merveilleuse que vous possédiez encore, et là, nous réussissons aussi à vous l'enlever. La peur ! La peur ! Quelle merveilleuse manipulatrice ! Et le bâillon, c'est vous qui le réclamez et même, vous vous en fabriquez, quel succès !

« Maintenant que je vous ai bien endormis avec ce magnifique jeu de cache bâillon auquel vous avez tous participé avec un zèle inespéré, je n'en reviens pas ; trois milliards ! Je vous coupe de la Nature en vous interdisant d'y aller, et **vous écoutez** ! Nous avions fait une première tentative avec le SRAS. Mais nous n'avions joué qu'avec la peur, et trop, c'est trop. Cette fois, nous avons su tirer enseignement de nos erreurs ; on vous l'a joué double langage : non, non rien de grave (ce qui est la réalité), mais on vous égrenait le nombre de morts toutes les heures. Il faut savoir que quitter ce monde est très courant, et d'ailleurs, vous allez tous y passer ! La mortalité dans le monde correspond à 1,81 décès chaque seconde, soit 109 par minute, 157 000 par jour et 57,3 millions par an). Et maintenant, avec la bouillasse que l'on vous injecte, on va réduire la population dont le système immunitaire est déjà en triste état, et comme vous serez bien malades, on va vous vendre tout un tas de super thérapies et de nouveaux « vaccins » pour lutter contre les effets néfastes des premiers ! Nous sommes les meilleurs ! Et puis dans ces conditions, quand vous mourrez, votre Âme sera dans la confusion la plus totale, perdant ce qui vous restait de connexion avec les dimensions supérieures. Nous pourrons ainsi nous en emparer, et par là même, de votre pouvoir créateur ! (Commentaire de Petit H : inutile de dire que dans ces conditions, le pouvoir créateur est totalement inutilisable !

Mais sont-ils donc bêtes !). Ensuite, nous pourrons ainsi avoir un tremplin et nous approcher des dimensions supérieures, finir par les investir et nous rendre maîtres de l'univers !!! (rire satanique !). (Alors là ! C'est trop drôle ! Mais c'est qu'ils y croient à leurs sornettes).

La peur de la mort est notre meilleure amie

« Alors oui ! Cette peur de la mort est bien notre meilleure amie. Il a fallu pour cela promouvoir l'athéisme ; le néant, ça vous fout les chocottes ! Vous allez donc vous accrocher à vos corps même dans un piteux état comme à ce que vous avez de plus précieux sur la terre avec vos biens matériels. On vous a bien persuadés que vous ne pouvez pas compter sur votre système immunitaire, et que vous avez besoin de médicaments et de vaccins pour survivre, sans réaliser que l'espèce humaine a vécu avec les remèdes naturels qui se trouvent à profusion dans la nature. Et avec l'aide des bons médecins, vous mourrez dans la déchéance prolongée au maximum, la conscience complètement en berne, cela nous va très bien ; une fois de l'autre côté, nous pouvons, après nous être gavés de vos souffrances, vous recycler directement pour de nouvelles aventures dans notre matrice en éborgnant au passage encore un peu plus votre Âme et votre Esprit. Vous croyez que vous vivez plus longtemps (quel progrès !), oui peut-être, mais dans quel état ! Et en plus nous accélérons le temps. Vous n'avez pas remarqué qu'il passe de plus en plus vite, que vous n'arrivez plus à faire dans une journée autant de choses qu'avant ? Vous n'avez pas remarqué que les êtres humains d'antan pouvaient écrire, réaliser des tas de choses, ce qui vous prendrait des vies actuellement ? Le leitmotiv préféré que nous vous avons mis dans la tête, n'est-il pas : « sauver des vies », « on n'a qu'une vie ! » ? De votre courte vue, c'est louable, mais si vous voulez vraiment sauver quiconque, occupez-vous de l'Âme et de l'Esprit ! Certains pensent qu'ils vont pouvoir se libérer de notre emprise ! Grands naïfs va !

On y est presque !

« Quand les gens savent au plus profond d'eux-mêmes qu'ils ont une Âme et un Esprit, il en va tout autrement. La mort n'est plus cette promesse de néant tant redouté. Bon, ce n'est pas quelques irréductibles qui vont perturber nos plans ! Nous sommes maintenant passés à la vitesse supérieure avec la dette, ah la DETTE nous en avons rêvée pendant des siècles, et maintenant, elle est là, bien installée. Fabuleux ! Oui ! Prêter de l'argent à quelques personnes ne rapportait pas assez, alors nous avons eu l'idée de nous agrandir. Nous avons commencé avec quelques pays pour voir, et le succès va même au-delà de nos espérances, nous allons passer à la vitesse supérieure avec un gouvernement mondial. Il suffit de vous faire les marionnettes avec le suffrage universel et autres babioles, genre droits de l'homme, et hop, le tour est joué.

« Maintenant nous passons, à l'estocade finale, avec l'injection de la bouillasse déguisée en « vaccins » dont le succès même nous épate. Il faut dire que nous avons mis le paquet ! On te les a embobinés avec toutes sortes de menaces pour leur injecter un paquet de saloperies qui vont entretenir la légende d'une pandémie qui n'a jamais existé : nous sommes quand même très forts ! Et après cela, on pourra encore mieux les diriger comme de bons petits robots grâce à l'opthogénétique[12] et tout ce que l'on a mis dans la bouillasse ! Ah oui , un super matériau assez récent, l'oxyde de graphène, composé de 6 protons, 6 électrons, 6 neutrons (666, pur hasard, bien sûr, et matériau qui n'a rien à faire dans votre

---

12 L'optogénétique est **un domaine de recherche et d'application associant les techniques de l'optique à celles de la génétique**. Elle permet, par une stimulation lumineuse, d'altérer spécifiquement et localement un nombre limité de cellules modifiées génétiquement pour y être sensibles, sans perturber directement l'état des cellules voisines. Conceptualisée à la fin des années 1970, elle est consacrée par un mot dédié en 2006, puis élue méthode de l'année par *Nature Methods* en 2010. Les applications, en nombre croissant, incluent la cartographie fine des réseaux neuronaux, l'étude de leur physiologie et de leurs communications normales et pathologiques, et de potentielles interventions médicales restaurant par exemple l'audition ou la vision. (Wikipédia)

corps !). Sa particularité est de provoquer... de provoquer... le covid ! Non, ce n'est pas une blague ! Et puis toutes sortes d'effets secondaires que je ne vais pas vous énumérer, car vous êtes suffisamment conditionnés pour n'y voir goutte !

Rappelez-vous, au début de votre premier confinement, comme vous vous êtes tous précipités vers le papier hygiénique (qui, soit dit en passant, n'est pas très hygiénique précisément, et vous entretient cet orifice malpropre, contribuant, entre autres, à des hémorroïdes. Oui ! vous avez perdu tout sens pratique ; il faut se laver, avec de l'eau et même du savon !). C'était un essai de manipulation très réussi pour préparer la suite !

Pour les dernières nouvelles alarmantes dernier cri, nous allons tirer du chapeau... le réchauffement climatique ! Cela fait un moment que l'on vous échauffe avec, et comme vous n'avez aucune mémoire, on peut bien raconter n'importe quelle ineptie, contredite et contredite, c'est bon, vous mordez toujours à l'hameçon, étonnant, non ? Cela fait une cinquantaine d'années que l'on vous prédit toutes sortes de catastrophes qui n'arrivent jamais : le niveau des mers, le trou dans la couche d'ozone, la banquise qui fond[13], la température, comme la bébête qui monte, qui monte[14]...

Le climat ne vous paraît stable qu'en rapport avec votre courte durée de vie, mais il y a eu des périodes très chaudes, au moyen âge, par exemple où il faisait très chaud, et le petit âge glacière où il faisait très froid. Mais vu la mémoire d'oisillons que vous avez, vous ne vous souvenez même pas des événements auxquels vous avez pu assister, alors imaginez ce que l'on peut vous faire gober quand il s'agit de l'Histoire ! On vous fait les marionnettes avec les pyramides, mais il y a des bâtiments relativement récents, à peine 200 ans, qui ne peuvent au aucun cas avoir été construits sans technologie et avec des habitants illettrés ; il suffit de chercher un peu...

Alors on vous endort avec des divertissements en veux-tu en voilà ! L'esprit critique ? Envolé ! Le discernement ? Au panier ! Restez bien rivés sur vos écrans en permanence, mangeant, tant qu'il y en a encore ! une nourriture morte qui vous

---

13 *« La banquise est en chute libre... Une étude récente nous avertit qu'elle pourrait avoir complètement disparu l'été, dans 7 ans seulement »*, Al Gore, prix Nobel de la paix, Oslo décembre 2007.

14 *« La température de l'atmosphère s'élèvera de 9° durant le prochain demi-siècle »*, magazine *Science & Vie*, n°633, avril 1970.

rend malades et pour nous, par ici la bonne soupe, tant monnayable qu'émotionnelle ; le retour sur investissement est très, très rentable ! Je vous fais rêver avec les publicités, les reines, les princesses, les princes, les vedettes, les stars que je contrôle et manipule comme je veux par toutes sortes de moyens savamment mis au point (avec l'aide de vos scientifiques, ah oui, ceux-là, ils sont bons quand ils sont corrompus et avides !). Je tiens quand même à vous dire que leurs images sont tout à fait factices et savamment travaillées pour provoquer en vous des sentiments : la preuve, j'arrive à vous les faire aimer ! Moi je sais que tous ces personnages sont, dans la plupart des cas, d'une affligeante banalité. Ce qui crée chez eux la schizophrénie d'ailleurs, mais c'est de la souffrance, et cela me convient à moi et mes potes, et puis on vous tient, car...

...vos enfants sont nos prisonniers

« Ça y est, vos enfants sous notre coupe. Même ceux dont les parents avaient eu les capacités de s'opposer à nous et qui ont plus ou moins fait échapper leurs enfants à la vaccination, aux médicaments, aux nourritures frelatées, sont maintenant captifs des **écrans**, des jeux, ils sont **captifs**, conditionnés pour ne plus vouloir vivre que dans ces mondes virtuels que nous leur imposons. Ah, les écrans! Qui maintiennent petits et grands repliés sur eux-mêmes, le dos courbé: une posture d'esclave! De plus, on vous habitue à ne voir le monde qu'en 2D, et vous êtes ainsi coupés de toute possibilité d'évoluer vers les dimensions supérieures.

De cette manière, le monde leur fait peur, et ils ne veulent surtout plus voir autre chose: ils sont nos esclaves, et travailleront pour nous. Nous les conditionnons tout petits au sexe, à la pédophilie, au transgenre, à l'homosexualité, au cynisme, à la violence... Nous les éloignons de leur famille, de leur être intérieur, de l'air pur, du soleil, de la Nature... pour mieux les contrôler; de mieux en mieux, nous les muselons...

« Ainsi, les possibilités de retrouver les chemins de votre dimension intérieure, de votre souveraineté et du pouvoir hérité des premières humanités sont très maigres, occultés sous ces voiles factices. Parce qu'avec tous les produits que l'on vous fait ingurgiter (pour votre bien!) et ceux que l'on déverse au-dessus de vos têtes, votre glande pinéale, vous savez le petit cristal dans votre tête (qui vous relie au Christ), il se calcifie, devient opaque, et fait de vous les zombies que nous espérions depuis tant de temps. Que de dictateurs auraient rêvé d'avoir notre pouvoir! Nous nous emparerons très bientôt intégralement de votre pouvoir créateur dont nous avons besoin pour exister. Toutes les instructions sont dans les romans (Le meilleur des mondes[15], 1984[16], etc., les films

15 Roman d'anticipation dystopique, écrit en 1931 par Aldous Huxley

16 George Orwel

(Hollywood est notre meilleure boutique), il y en a pléthore; les plus célèbres étant les Matrix, prétendument « initiatique », oui, une initiation de notre cru, c'est-à-dire satanique ! Et maintenant, vous le voyez bien arriver ce monde, avec les pantins Klauss Schwab, Yuval Noah Harari, Laurent Alexandre, etc., pour n'en citer que quelques-uns ; ce n'est plus de la fiction, c'est là, maintenant !

Nous allons bientôt transférer votre intelligence dans l'Intelligence artificielle, l'IA pour les intimes (Petit H : mais qu'ils sont donc bêtes !). Nous garderons toujours une masse moutonnante pour travailler pour nous. Et puis voyez, vous commencez à être comme nous : haïr la beauté, la bonté, les belles émotions, être sadiques, cyniques, pédophiles (ça vient, ça vient même bien !), violents, cyniques, etc. Alors conditionnés maintenant dès l'enfance, nous n'avons même plus besoin de nous cacher ! D'ailleurs, notre plan n'a rien de secret, allez donc voir ce qui est écrit sur les **Georgia Guidestones**[17], et vous verrez que nous ne cachons rien, tout est là, écrit dans la pierre ! Et avec la bouillasse que vous courrez vous faire injecter, vous allons arriver à nos fins. Nous n'avons plus besoin d'autant d'humains, vous avez fait tout ce que nous voulions, et maintenant, nous allons juste garder quelques spécimens pour nous servir. Bien sûr, les médias qui nous appartiennent et que nous contrôlons à 100% ne vous parleront jamais de cela, et nous pouvons contrecarrer les vraies informations qui circulent sur internet en les dénonçant comme fake news ! Qu'est-ce qu'on rigole ! Nous avons donc, je le redis, votre consentement tacite : qui ne dit mot consent. Amusez-vous les enfants, amusez-vous bien ; on s'occupe de tout !

« *Si le Peuple avait la moindre idée de ce que nous avons fait, il nous traînerait dans la rue et nous lyncherait.* » George H.W. Bush, 1992.

---

17 Les Georgia guidestones, monument en granite érigé le 22 mars 1980 près d'Elberton en Géorgie, aux États-Unis, et détruit le 6 juillet 2022 (peut-être pour ne pas laisser de traces de leurs projets.).

Mais, c'est vrai, ça ! Qu'ils sont donc bêtes !

« Ah, oui ! qu'ils sont donc bêtes ! Ils imaginent qu'ils peuvent faire un être pensant avec l'IA ! En plus c'est vous, les humains au pouvoir créateur, avec un véhicule-corps très performant, avec une Âme et un Esprit qui leur donnez le bâton pour vous battre, car l'IA est bien une création humaine ! Et il y a plein d'humains soi-disant intelligents qui croient pour de vrai de vrai que c'est possible, car ils ont perdu toute foi, tant en eux-mêmes que dans l'Intelligence de la Création. Ils ne savent plus regarder, voir, entendre, écouter, admirer, laisser de divines émotions monter en eux. La technologie les fascine beaucoup plus que les mécanismes de la Vie, de la Nature, de l'Univers, du grand Pourquoi et Comment ! Ils pensent qu'ils ont besoin de vaccins, de médicaments, de cette foutue technologie pour survivre, sans se demander ce qui fait que vous, les êtres humains, avez toujours survécu sans tout cela depuis si longtemps... Comment les premières créatures reconnaîtraient-elles leurs très lointains descendants dans ces pauvres hères apeurés réclamant une fallacieuse protection qui les rend esclaves de leurs maîtres !

Karma

« Voilà, je lui ai laissé la parole pour que vous compreniez à qui vous avez affaire. Ils ne veulent pas que vous retrouviez votre souveraineté, et ont inventé un temps factice, jusqu'à en faire un dieu (de bas étage, cela va sans dire !), pour mieux vous phagocyter ! Et cela marche, puisque maintenant, c'est vous qui le fabriquez, qui lui donnez toute cette importance, cette valeur marchande. Dur, incompressible, aliénant, de plus en plus rapide. Il y a le grand temps universel de la manifestation dans son ensemble, qui évolue dans le ballet cosmique et constitue notre Univers, et à l'intérieur, le temps humain, constitué de petites bulles en vortex : vous tombez dedans en naissant, et selon l'état de conscience de votre Âme, si vous le passez sans vous posez de questions quant au Sens de la Vie, du Pourquoi et du Comment, vous avez ensuite une peur bleue de le quitter. Il y en a même qui tente de lui échapper ! Mdr ! Mort de rire, comme vous dites. Et alors quand vous parlez « d'éternité », alors là ! La mort précisément, enfermés que vous êtes dans cette espèce d'ersatz de temps, avec votre désormais karma, elle vous fait sacrément peur ! Vous n'aurez pas la révélation de tout ce que vos sens vous empêchent de voir. Mais que vous y restiez 100, 1 000, 10 000 ans dans votre bulle ne changera pas grand-chose, et si vous n'avez rien compris, vous ressortirez au même point qu'à votre entrée, voire plus bas, et en ratant une marche vers l'Ascension. Bien sûr, si vous donnez libre cours à la haine, la vengeance et tous ces sentiments que l'on vous encourage à avoir dans ce laps de temps, et ce que vous vous inventez comme état d'âme, vous vous préparez de belles futures vies pas sympas du tout en retombant dans le karma...

Qu'est-ce qu'il est profond ce gouffre !

«Ainsi, en se densifiant, s'extériorisant, se diversifiant, ces humains ont fini par perdre, entre autres, la communication transpersonnelle. La symbolique de la tour de Babel ne raconte pas autre chose : leur relation avec les mondes plus élevés s'est étiolée dans les méandres d'un mental trop content de détrôner l'Intuition et c'est à partir de cette prise de pouvoir que la parole devient le moyen de communication principal, pour ne pas dire unique. À partir de ces constatations, la parole n'apparaît plus comme un progrès, mais semble plutôt une régression ; dans la communication d'esprit à esprit, le mensonge n'existe pas. Par contre, avec la parole, tout peut être compris de travers, à l'envers, tordu, distordu, récupéré, transformé. Avec des races différentes, des peuples très disparates ayant chacun un langage propre, et surtout sans connexions, non seulement entre eux, mais aussi avec leur être intérieur et la Source, les guerres sont inévitables. Dans ces conditions, les choses deviennent faciles pour des êtres imbus d'eux-mêmes de dominer les autres, de les enfermer dans des dogmes de toutes natures pour les abrutir par la peur de soi-disant dieux tout-puissants, et plus tard, de systèmes politiques corrompus. Et l'écriture a facilité ce passage !

«Il faut bien comprendre qu'elle n'a pas du tout été considérée comme une avancée majeure, car beaucoup prétendaient qu'elle risquait de ne plus faire travailler la mémoire. Les druides, entre autres, faisaient 20 années d'études, car ils devaient tout apprendre sans aucun support, et aucun maître n'aurait toléré que ses disciples « bachotent » en ânonnant leurs cours devant des feuillets. Le chef d'orchestre Karajan disait qu'il fallait avoir la partition dans la tête, et non la tête dans la partition ! Mon support d'écriture est quand même très heureux d'avoir des livres…

Et le monologue devint causerie

— Ah c'est toi, Petit H, qui me réveilles la nuit pour me faire écrire dans le noir avec une lampe électrique ?

— Oui ! Comme cela je suis sûr que tu m'entends !

— En effet, pour t'entendre, je t'entends, même quand je ne veux pas t'écouter ! Tu m'empêches de me rendormir tant que je n'ai pas écrit ce que tu me souffles, et si j'ai oublié mon cahier, tu m'obliges à aller le chercher ; tu prétends, avec raison d'ailleurs, que je ne vais pas me souvenir de tout ! Mais pourquoi m'as-tu choisie ?

— Je ne t'ai pas choisie, c'est toi qui m'as appelé ! J'ai compris que tu n'étais pas ravie d'être sur Terre. Tu t'es fait avoir, et puis tu n'étais pas tout à fait comme les autres !

— Ah oui, la Grande Conscience avait bien dit qu'*« il y en aurait pour tout le monde, mais elle savait aussi que l'enthousiasme du début pourrait par la suite ne plus déclencher de vocations aussi joyeuses. »* Je me souviens, je ne voulais pas revenir vivre sur ce monde terrestre, mais « on » m'y a obligée, enfin on a soutiré mon consentement. J'étais une petite fille triste même si ma famille m'adorait ; le monde que je voyais poindre à travers cet amour me paraissait tellement dur ! Un monde pareil ! Qui aurait envie d'y revenir de son plein gré ! Mais ce n'est pas bien grave, j'ai appris plein de choses dans cette vie. Du plus loin que remonte ma mémoire (même pas une étincelle à côté de la tienne !), je ressentais la nécessité de respecter les animaux, la Nature, la Terre, avec lesquels j'aimais me sentir unie. Avec l'âge, j'ai ajouté l'Univers dans lequel je pressentais une multitude de vies, les atomes, le Pourquoi, le Comment, etc. ! Tu es dans mon corps ?

— Oui, avec mon double, Petit H bis, nous sommes avec notre copain O. Nous formons une molécule d'eau avec une mignonne tête et dans ton corps il n'y a presque que de l'eau...

— Tu ne t'ennuies pas un peu ? C'est petit par rapport à l'Univers !

— M'ennuyer ? Tu rigoles ! Je ne suis qu'un atome, et il me faudrait plusieurs millions d'années de votre temps pour aller partout dans ton corps. Déjà avec 150 000 kilomètres de vaisseaux sanguins, j'ai de quoi naviguer, et tu es composée d'environ 10^{14} cellules, c'est-à-dire 100 000 milliards ! Avant que je les aie toutes visitées, ton corps n'existera plus ! Et dans le cœur de ces cellules se passe la chose la plus extraordinaire du monde : le décodage de l'ADN, je ne m'en lasse pas ! Chaque seconde, des milliards de machines moléculaires copient ton ADN pour le transmuter en ARN qui va créer des protéines. Plus de 3 milliards de caractères qui sont lus, décodés, interprétés, copiés chaque seconde pour fabriquer tes organes, ta peau, tes muscles, enfin tout ce qui fait ton corps, et il se passe encore tellement d'événements incroyables ! Il y a un boulot fou ici, et toi, tranquille, tu ne te doutes de rien ! Quand je vois cela, je me dis que les Plans de Dieu étaient quand même drôlement bien. Tu te rends bien compte que tu habites une machine biologique non reproductible par vos petits moyens technologiques, avec une multitude de programmes et en principe, avec un pouvoir de régénération par la puissance de l'Esprit (si toutefois on lui laisse le loisir de le faire et qu'elle (la machine) n'est pas trop délabrée pour réagir !).

— Oui, merci de me le rappeler, on a tendance à oublier ces merveilles tant elles nous paraissent banales et surtout cachées. Si je me coupe, je vais tranquillement attendre que cela cicatrise, par contre si je fais un accroc à un vêtement, je peux toujours patienter longtemps, le trou restera ! C'est seulement si nous sommes malades que nous prenons conscience, enfin pas tout le monde, qu'il y a quelque chose qui dysfonctionne. Et si on laisse faire le corps, il se répare tout seul...

Branle-bas de combat !

— Elle est bien bonne celle-là ! Mais quand tu es malade, c'est le grand chamboulement, tout le monde court partout, c'est le moment des grands nettoyages ! Tes milliards et milliards de bactéries ont décidé de te bousculer un peu, et se sont transformées en ce que votre ignorante médecine prend pour une attaque extérieure. Mais tout ce petit monde, en concertation, a évalué les désordres, et convenu qu'il fallait un bon coup de ménage. Alors bien sûr, selon l'état de la personne, sa façon de vivre, de se nourrir, de penser, le coup de semonce peut être plus ou moins intense, et parfois aller jusqu'à la porte de sortie ! Mais la médecine « moderne » en a décidé autrement, et va rajouter une bonne couche de poison, histoire de croire qu'elle guérit en masquant les symptômes bien souvent temporairement et de ce fait, soi disant « soigner » (soi nier...). La plupart du temps, le corps se débrouille très bien seul, et va guérir plus durablement. Bien sûr, dans ces moments, il y a les microbes opportunistes, qui vont profiter de la situation, et ceux qui vont carrément fabriquer des virus et autres balayeurs professionnels que votre science (« grâce » à Pasteur) va prendre pour des attaques extérieures. Mais tout vient du corps, et la peur est un très bon fabricant de ce genre de maladies.

— À ce propos, depuis le début de cette lamentable mascarade de corona circus, je raconte à qui veut l'entendre mon histoire favorite pour illustrer cet épisode d'hypnose collective :

« *Un pèlerin rencontre la peste et lui demande où elle va :*

— Je vais à Bagdad tuer 5 000 personnes ! ».

Six mois plus tard, ce même pèlerin rencontre de nouveau la peste :

— *Tu m'as menti ! Tu n'as pas tué 5 000 personnes, mais 50 000...*
— *Pas du tout, j'en ai tué 5 000... Les autres sont mortes de peur !*»

« Je sais que bien que la maladie vient de ce que le corps n'a pas été respecté, tant sur le plan physique que mental, et par la qualité des nourritures qui l'ont nourri. En effet, baignant constamment dans des sentiments négatifs dont les médias gavent une population avide des instincts les plus bas : vengeance, haine, agressivité, sexualité morbide – j'en passe et des meilleures –, le pauvre système immunitaire a bien du mal à faire son travail. Ajoutons à cela une nourriture industrielle sans aucune vitalité et la sacro-sainte pharmacopée qui vient à « l'aide » des malheureux humains pour le plus grand bonheur des laboratoires pharmaceutiques ! Les microbes opportunistes ne font que profiter de la bonne aubaine. Reconnais quand même que j'essaie de prendre soin de mon corps et de mes pensées ; il m'a été confié à ma naissance, et je dois finir mon chemin ici avec lui. Alors autant tenter de le garder en état de marche pour le temps qu'il me reste ! Je n'aime pas rouler dans une vieille guimbarde toussotante et crachotant de vilaines fumées qui risque à tout instant de me laisser sur le bord du chemin sans crier gare. Le garagiste-médecin, cela coûte cher et on y perd son temps, et pour de bon, sa santé !

— Oui, c'est pour cela que je reste chez toi, car parfois, certains sont tellement malsains que c'est la croix et la bannière pour y aller ! Ensuite, quand le corps est recyclé, parfois avec bien du mal à cause de toute la chimie qui lui a été enfournée, il faut faire une cure de désintoxication pour s'en remettre ! Mais dans les anciens temps, il n'y avait jamais ce genre de soucis.

— Mais vas-y, raconte, que s'est-il passé avec les humanités ?

Histoires très, très anciennes

— Et bien chacune amenait ainsi son quota de connaissances, patiemment, comme l'on bâtit une maison grandiose, équilibrant, ajustant sans cesse. Nous étions arrivés à un résultat très satisfaisant pour ce coin isolé de la galaxie. Car cette Mission consistait à élever le niveau vibratoire de toute cette partie excentrée de la galaxie, surtout ce bord externe où se trouve notre Soleil, et créer, créer sans relâche, la Beauté sous toutes ses formes avec un raffinement extrême. Qui ne s'est extasié devant la grâce et les sublimes couleurs des oiseaux, agrémentées de leur musique, des papillons, du délicat et subtil parfum des fleurs ainsi que de leur beauté, du chatoiement des insectes et leurs murmures, du fabuleux équilibre entre les espèces, des saisons où chacun arrive au bon moment, comme les fleurs avec les insectes et la naissance des oisillons, et puis aussi la mise en œuvre du recyclage. À tous les niveaux, des bactéries aux charognards de toutes tailles, en passant par les fourmis et cette faune dont le travail consiste uniquement à transformer les déchets de toutes sortes, aux champignons dont le mycélium aidé de milliards de bactéries, vont muter les déchets végétaux en humus au parfum délicat de sous-bois, etc., enfin toutes les merveilles qui existent pour faire de cette planète une perle précieuse apte à illuminer cette partie de la galaxie. Les forêts sont les meilleurs exemples de cette fabuleuse gestion! Tout cela dans la Joie inhérente à la Création, la vraie Joie du cœur que procure la plénitude du devoir accompli, semant artistement, tel un consciencieux et inoubliable concepteur, les plus belles œuvres pour le bien commun. Fières, étaient-elles ces humanités à la fin de leur

Mission, quand les Esprits retournaient vers la Source pour en recevoir les Louanges, enrichis du bonheur d'avoir donné le meilleur dans leurs réalisations, car offrir le meilleur de soi-même procure toujours la vraie Joie.

« Elles connaissaient tellement bien la loi de réciprocité, ainsi, offrant le meilleur d'elles-mêmes, elles en recevaient aussi le meilleur ; les honneurs divins sont incommensurables ! Ainsi, au fil du temps, le joyau promettait d'illuminer ce petit coin d'espace de tous ses feux, et la si belle planète, où les petites graines d'Esprit avaient hâte de faire une expérience dans la matière, était devenue un havre de paix où le Bonheur, la Beauté, l'Harmonie régnaient, et rien ne semblait vouloir ternir ce bel essor...

— Il y a donc une âme commune aux humanités, voire aux civilisations, comme les animaux ont une âme groupe ?

— Oui, bien sûr, l'âme groupe de toutes les espèces est liée à la Source ! Sauf pour certaines catégories d'êtres non créés par Dieu, donc sans la petite graine d'esprit. En conséquence, ils ne sont pas liés à la Source, mais ont leurs propres divinités (enfin, justement pas très propres celles-là !). Ces êtres, dépourvus du moindre esprit, n'ont qu'une âme groupe, et à leur mort, pour eux, c'est au mieux la dissolution dans ce tronc commun. Hélas, les êtres humains, en s'individualisant, en privilégiant le mental et l'ego, ont presque tous perdu cette capacité de communiquer avec leur âme groupe et par extension, la Source, contrairement aux animaux qui ne sont pas autant individualisés.

— Mais quand même, je remarque que certains animaux entretiennent avec leurs humains des relations qui sont très fortes, et apprennent l'Amour. Ne crois-tu pas que cela permet aussi à ces humains de retrouver un peu de cette capacité perdue ? Et l'animal, dans ce cas, respecté dans son identité, peut, peut-être, commencer un processus d'individualisation, mais sans pour autant perdre, lui, ses aptitudes à communiquer avec son âme groupe.

— En effet, les animaux ont des facultés que vous ne soupçonnez pas, vous qui avez tout perdu. Les premières humanités, nous l'avons vu, étaient en relation universelle avec tout ce qui vit, et même bien au-delà de la Terre, avec d'autres mondes, d'autres peuples extraterrestres qui venaient les visiter. Bien sûr, elles n'acceptaient que ceux qui étaient très positifs et dans une énergie commune, ce qui leur permettait de faire des échanges très fructueux. Et les humanités se succédaient en gardant la mémoire ancestrale de leurs histoires successives, évoluant avec toujours en perspective, la Beauté et l'Équilibre de la Nature qui restent les merveilleux témoignages qu'elles vous ont légués. Faudrait-il encore être capable de le reconnaître, oui ! Toi, je sais, tu apprécies !

— C'était chouette, dis donc !

— Ça, c'est certain ! Mais, comme nous l'avons évoqué, il s'est passé quelque chose qui a inversé cette belle ordonnance, car déjà la civilisation avant la vôtre avait perdu une bonne partie de son pouvoir créateur sur le vivant, et n'avait plus accès à son élaboration et à sa conduite avec une éthique spirituelle. Nous allons voir plus tard comment s'est opéré ce forfait.

Un peu d'archéologie

— Néanmoins, encore hautement évolués, ces grands bâtisseurs mettaient un soin tout particulier pour édifier leurs constructions destinées à recueillir les énergies terrestres et cosmiques. Être en Harmonie avec Gaïa, qu'ils savaient reliée au système sensitif énergétique conscient de l'Espace, de l'Univers, était leur priorité. N'ayant pas complètement perdu la mémoire, ils voulaient laisser les témoignages de leurs grandes connaissances en mathématiques, astronomie, architecture, etc., et de leur haute technologie dans des réalisations mégalithiques, preuve de leur grand pouvoir sur le minéral. Sans doute aussi voulaient-ils laisser des fils conducteurs aux civilisations qui allaient les suivre pour les aider à affronter cette descente dans la matière (avaient-ils connaissance de l'inexorable involution actuelle ?). Mais curieusement, une partie de l'humanité des temps présents, aveuglée par ce qu'elle croit être sa propre lumière (et qui se trouverait plutôt être des ténèbres), préfère ignorer et croire que ce sont des humains plus primitifs qu'eux qui ont bâti tout cela avec des moyens rudimentaires !

Et maintenant...

— Puis les humains des temps présents, poussés par leurs maîtres à qui ils ont abandonné les commandes de leur vie, ont laissé leur mental et leur ego prendre une place démesurée, reniant l'intuition qui pouvait encore les relier à leurs origines. La pensée pernicieuse qu'ils sont là par hasard les rend cyniques, personnels, vindicatifs... et, ou, très malheureux! Ils ont renié leur foi en la Vie, pensant naïvement que tout se termine à la mort de leur corps, poussant même certains à se faire congeler en espérant que dans un temps futur, l'on pourra les ramener à la vie! Mais leur âme est maintenant dans une grande souffrance et ne peut rompre les liens qui la maintiennent à ces corps congelés. Condamnés, cons damnés (vraiment, sans vouloir faire de mauvais jeu de mots, mais c'est trop tentant!), ils restent dans un état indéterminé qui leur interdit toute vision sur une réalité qu'ils n'ont jamais imaginée (et c'est peut-être là que le mauvais jeu de mots prend toute sa signification!).

« Ils s'empêtrent dans un réseau de fils qui les enchaînent les uns aux autres, et que tu as d'ailleurs bien décrit, sans avoir encore la vue que tu as maintenant, dans ton livre *Sophia galactica, le jeune dieu*[18]:

« *Dans cet espace où sa conscience des choses prenait des allures d'absolu, certaines images se précisaient, s'érigeaient, s'affinaient, incarnant ce que le village des Portes et des Espaces lui avait révélé. Sortant d'une brume triste et morne, s'avançait maintenant un long cortège pathétique d'êtres sourds à la musique de la vie, aveugles à ses multiples aspects, mutilés de leurs sentiments et de leur sensibilité. L'infirmité des*

18 Édition Atramenta : atramenta.net

âmes, prenant forme dans les corps, se manifestait par toute la gamme des maux qui frappent l'espèce humaine : maladies tant physiques que mentales, dégénérescences. Évoluant dans le cirque de la vie hermétiquement clos par leurs soins, ils changeaient de personnages et de rôles, revivant toujours les mêmes situations, perpétuellement inachevées, de vie en vie.

Elle voyait des fils fins et ténus, reliant les êtres les uns aux autres, aux objets, aux événements, aux sentiments, au Ciel et à la Terre, s'emmêlant, au fur et à mesure de leur évolution, sur les chemins de vies. Une vision fulgurante lui montrait chaque mouvement, les ligotant de plus en plus serrés, les liens pénétrant profondément dans leur chair, et leur fermant les yeux, les oreilles, le cœur, à la véritable harmonie de la Vie, à l'Amour, à la Compassion. À chaque point d'ancrage, des douleurs, des maladies apparaissaient, et personne ne voyait de rapport entre ces maux et les fils.

La complexité des enchevêtrements s'intensifiait avec les courants sillonnant ces fils qu'elle reconnut immédiatement : jalousie, fiel, concupiscence, haine, envie, ressentiment, grief, vengeance, arrogance, soif de pouvoir, servitude, apitoiement sur soi, peur.

Les êtres ayant dépassé ces sentiments n'éprouvaient pas le même type de souffrance. Une vision pénétrante, plongeant dans les profondeurs du passé, s'élevant vers le futur, une conscience plus limpide, le cœur offert à la Compassion et à l'Amour, les ouvrait aux multiples messages de la vie. Les humains détiennent les rênes de leur destin, mais ils ne le savent pas. Ont-ils vraiment envie de guérir, de devenir des êtres responsables ? La facilité du remède lui apparaissait maintenant : la prise de conscience de cette autre dimension où la volonté intérieure peut dissoudre ces liens avec une simplicité déconcertante ! Mettre en œuvre la détermination de se libérer de ces fardeaux sciemment acceptés ! Vaste programme !

Mais pour y arriver, il fallait voir, entendre, sentir, affiner un système sensoriel ne prenant présentement en compte qu'une infime parcelle de la réalité et occultant la partie la plus importante, située dans une autre dimension, celle de la Conscience, englobant les trois autres. Mais il faut souvent à l'être humain un grand traumatisme, affectant le cadre de ses trois dimensions, pour que son champ de conscience s'élargisse. »

La plus belle fleur

— Ah oui ! On ne vit pas dans la matière sans laisser de traces, et mieux vaut laisser de belles fleurs embaumées que de vilains détritus malodorants.

— D'autant que comme tout s'équilibre et les vieux détritus ayant bien maturés, vont revenir à l'envoyeur ! Toutes ces merveilleuses connexions sont malheureusement, vu l'état de conscience de cette humanité présente, parcourues par de sales courants ! Et le grand Système nerveux central, dont la puissante Énergie est Amour, enregistre tout, et ça, beurk, c'est quelque peu indigeste ! Tout, absolument tout est Amour. Simplement, cet Amour, dans la matière, doit toujours être déployé et ordonné, mais ce sont des forces dont vous n'avez même pas idée qui régissent ce que vous voyez, et qu'avec votre courte vue, nommez « gravité ». La gravité, c'est vous qui l'inventez, et celle-là il lui faut de la place. Mais elle est juste là pour qu'un jour vous puissiez enfin ouvrir les yeux et surtout votre cœur !

« Vois, si tu prends la plus belle fleur du monde, c'est une pure merveille, elle ravit tous tes sens : elle te transmet sa beauté, sa Joie, son odeur t'enivre, sa caresse est douce et parfumée, tu peux voir en elle la perfection absolue. Mais si tu l'écrases, que tu en fais une petite bouillie, ce sont toujours les mêmes composants de la fleur qui sont devant toi, mais quelle tristesse ! À pleurer ! Vois la haine, la vengeance, l'envie, la jalousie, la peur, la colère, etc., ne sont que l'Amour tout recroquevillé, ratatiné, emmêlé, piétiné, nié, oublié... Et c'est pour exprimer l'Amour que notre Univers est né, et moi, simple mais premier atome, j'ai vécu ce grand déploiement.

« Observe quand un humain « est amoureux », il est en expansion, en déploiement, il peut avoir l'impression de voler, il voit le monde avec d'autres yeux. Le véritable Amour est un état, pas un sentiment que vous confondez avec l'amour banal qui est juste une histoire d'hormones qui montent à la tête, enfin plutôt qui descend ! Oui, il est bien regrettable que ce soit souvent la seule expérimentation en cette matière ! Et quand le désir n'est plus là, tout se recroqueville, et souvent c'est la haine qui prend la place de ce qui était pris pour de l'Amour ; ce n'était que du désir sexuel assez mal déguisé, et que vous nommez amour, et encore... de moins en moins, car il est souvent question « d'activité sexuelle » ravalée au rang de simple fonction physiologique. L'Amour, comme je le disais, est un état, alors élargissez vos possibilités de le vivre au-delà du sexe (ce qui ne l'exclut pas, d'ailleurs) ; le monde en serait tout changé. Alors tu as bien compris, l'Amour est Expansion, Déploiement, Bonheur, Lumière, Joie, que sais-je encore ! C'est ta vraie nature, celle de ces petites graines d'esprit impatientes de faire des expériences dans la matière. Le cancer, c'est quand les cellules sont compressées, rabougries, emmêlées, stressées, et ça, les cellules, elles n'aiment pas du tout. L'ADN ne peut plus se répliquer correctement. Les causes peuvent être multiples, mais en règle générale il s'agit toujours d'un mental et d'un ego rigides ou alors trop facilement influençables, sans aucune ouverture vers autre chose que le matériel pur et dur, et enclin à toutes sortes de peur et de ressentiments ! Il faut quand même ajouter un grand traumatisme affectif, une nourriture morte, les médicaments, les vaccins et tous les faux cancers que la médecine « détecte » avec toutes sortes de procédés ; forcément, un cancéreux, ça rapporte un max...

« Et pour compléter le tout, la plupart habitent enfermés dans des casiers, voyagent par des moyens de transport serrés comme des cellules cancéreuses dans leur tumeur ou alors seuls dans leur véhicule, mais avec une radio qui braille. Et pour se distraire, ils vont dans des « boîtes », où, au bruit de musiques sataniques, ils se tortillent imbibés de sueur, d'alcool, enfin drogues de toutes sortes ! La majorité d'entre eux habitent dans des villes, voire de grandes métropoles, mégapoles, où de sinistres géants de fer, de verre et de béton, étendent leurs ombres patibulaires sur le grouillement humain. C'est pour cela aussi que les corps deviennent vieux, et ce processus, au fil des millénaires, est devenu « l'anormalité !!! ».

Pénétrer au cœur de toutes choses...

« Laisser son regard, pour commencer, prendre de la hauteur, de la profondeur, puis pénétrer au cœur de toute chose. Mais les humains ne peuvent plus voir ; ils restent dans leurs idées bien compartimentées, sans regarder au-delà des apparences, c'est comme le cancer... Tout est cadré dans leur vie qu'ils ne voient plus qu'à travers des écrans en 2D. Leur vue ne peut plus s'élever, ne peut même se porter au loin sans leur donner le vertige ; la nature leur paraît hostile, et il fut ne époque où on leur interdisait de s'y rendre sous peine d'amendes, voire de prison...

Et un coup de vent qui défroisse

« La Création de L'Univers, c'est tout le contraire ! C'est la grande force d'Amour qui vient de l'Endroit de l'Univers qui s'est déployée, et se déploie toujours et encore, mais avec parfois de minuscules zones toutes serrées, toutes comprimées, toutes emmêlées. Il n'y a que les êtres humains, enfermés dans leur mental, hermétiques à une réalité n'entrant pas dans leurs schémas de pensées, qui font cela ; les animaux et les végétaux en sont parfaitement incapables. Le remède est donc tout simple : dès que le cœur commence à s'ouvrir, c'est comme un coup de vent qui défroisse, dénoue, repasse, lisse, caresse, éclaire, illumine... Les connexions avec la Source, doucement se réactivent, la Joie, la Jubilation reviennent ; c'est comme un baume magique !

— Le système sensitif conscient de l'Univers ne doit pas beaucoup aimer ce genre de « zones de non-droit » hermétiques à Son Énergie. La Source a-t-elle un moyen de gérer cela, et comment réagit le « Cerveau » de Dieu ? il a donc des neurones ?

— Oui ! Votre Univers a des neurones, ce sont les amas, les superamas, et ce que vous appelez « matière noire » n'est autre que la Pensée de Dieu circulant dans ce grand courant d'énergie. C'est cette « Pensée » qui maintient la cohérence de cet Univers, comme votre conscience maintient le bon fonctionnement de votre corps (si vous lui en laissez les moyens !). Car comme pour vous, votre Conscience n'est pas dans votre tête, mais en dehors : c'est l'Esprit (issu des petites graines) qui survit éternellement au corps. Alors on pourrait dire que Dieu s'est littéralement incarné dans cet Univers au travers de la Source qui émane sa Transcendance de l'Endroit du

Super Univers vers l'envers, c'est-à-dire notre Univers. Et, à l'image de votre code génétique et de votre cerveau qui expriment à peine 10 % de leurs capacités, il en est de même pour votre perception de l'Univers. Comment dans ces conditions, pouvez-vous avoir une réelle connaissance de ce qui vous entoure, si vous ne prenez en compte que la matière ? L'Énergie divine vous est inaccessible, d'autant que la majorité des scientifiques la nient avec force.

« Pourtant, avec la physique quantique, ces mêmes scientifiques commencent à prendre en compte l'importance d'une présence, autrement dit de la Conscience. En effet, les particules ne se comportent pas de la même façon en présence d'un observateur, et cela, de façon systématique. Ce qui en déroute plus d'un ! Ils ne peuvent donc nier que la conscience a une place de premier choix dans l'ordre du monde, et que la fameuse théorie unifiée qui fait tant rêver les physiciens ne se fera qu'avec cette prise en compte… Bouddha a dit : « *Nous sommes ce que nous pensons. Tout ce que nous sommes est né de nos pensées. Par nos pensées, nous créons le monde.* ».

Stop, transmission rompue

« Les anciennes civilisations, dont vous avez des traces, avaient encore ces connaissances, mais les entités dont nous avons parlé plus haut, donc une petite minorité très puissante, a voulu se les réserver. En fait, l'Âme et l'Esprit n'aiment pas du tout les soi-disant « secrets », surtout si c'est pour avoir le pouvoir et la domination. Les êtres humains ont ainsi été guidés vers la guerre encore et encore, sans jamais remettre en cause cet état de fait, et vers des religions qui les ont enfermés dans des dogmes inébranlables, les conduisant vers l'oubli de leur véritable Nature. Ceux qui ont voulu préserver certaines de ces connaissances l'ont fait dans la pierre, et les fonctions de ces constructions érigées sur des lieux énergétiques stratégiques étaient précisément de communiquer avec cette entité supérieure qu'est la Source, ce que n'avaient donc pas oublié les bâtisseurs de cathédrales de votre civilisation...

« Et maintenant vous voilà, ici sur cette Terre, avec tous les boulets que les forces obscures vous ont collés sur le dos et ceux que vous avez rajoutés par vous-même ! Il se passe ce qu'avait envisagé la Source quand Elle faisait ses recommandations à Lili : le message ne s'est pas transmis, dommage pour vous ! Cependant, à votre petite décharge, il vous a été volontairement occulté, et ceux qui tentaient et tentent toujours d'ailleurs de le chercher, sont ostracisés, bannis, expulsés, excommuniés, proscris, tués, torturés, etc, j'en passe et des meilleurs !

« Il faut dire aussi que dans les temps présents, la majorité des humains adorent de plus en plus se faire berner ! Vous l'aimez votre enfermement (ce qui a très bien été entendu !), mais attention: «l'enfer me ment!». Et l'âme, prise dans cette cotte de mailles énergétique qu'est devenu le mental, évoluant dans toutes sortes de dogmes, croyances, convictions inébranlables, et maintenant cadrée (écrans), oublie sa véritable nature et dépérit. Votre extrême densité et votre faible taux vibratoire si éloigné de celui de la Source, vous coupent complètement de votre être intérieur, et par là même, de toutes communications subtiles. Vous êtes tout ratatinés dans vos certitudes qui vous entravent et vous obligent à tourner encore et toujours dans votre bocal. Vous pensez n'être que votre corps, et vous lui donnez une importance artificielle; vous êtes tombés dans la grande misère du sexe qui a perdu toute sacralité et dont toutes les perversions sont devenues légions et normalité, la maternité, une affaire de laboratoire, et ce que vous appelez vos «états d'âme» confiés à d'autres personnes tout aussi perturbées que vous, sinon plus!

«Vous ne voyez que les contours de l'image dont les émotions font partie – vos fameux «états d'âme» —, et vous croyez n'être que cette image! Alors que moi, je vois la Totalité, et rata zut! Ce n'est pas toujours très beau, je vois, bien sûr, l'Âme, la pauvrette qui n'a plus aucun moyen d'expression! Vous avez peur du silence et de la solitude qui pourtant pourraient vous aider à prendre conscience de votre être intérieur! De surcroît, pour la majorité d'entre vous, une grande partie de l'ADN n'est plus codante pour toutes les subtilités de la vie spirituelle. Vous avez même l'outrecuidance de l'appeler «ADN poubelle». Pour pallier cette défaillance, vous vous inventez des prisons de toutes les sortes; l'athéisme qui est une religion à part entière avec ses dogmes (sans doute la plus dogmatique de toutes), ses prêtres sectaires et son Inquisition, englobant politique, science, sectes, adoration de toutes sortes de vedettes, princesses, etc., tout ceci se recoupant allègrement, et bien sûr les religions qui règnent toujours dans certains pays en maîtresses absolues. Ainsi, vous vous retrouvez ligotés par toutes sortes d'implacables liens. Enfermés dans les multiples murs de vos certitudes, vous vous croyez les premiers sur Gaïa, les seuls dans l'Univers, et les meilleurs ! Vous restez donc embourbés dans vos petites connaissances avec lesquelles vous pensez tout expliquer. Les quelques lamentables bricolages génétiques que vous pratiquez avec une impudence folle ne servent que les intérêts financiers de quelques-uns ! Le Bon, le Bien, le Discernement, le Sens des Responsabilités et de la Conséquence de ses actes ne sont pas vos priorités. Vous êtes devenus des « pousseurs de caddy » conditionnés à obéir et consommer ! Votre vie a perdu son sens sacré et vous ne savez plus du tout pourquoi vous êtes ici ! Il est évident que les populations exogènes de haut niveau vibratoire ne risquent plus de vous rendre visite, vous ne pouvez plus attirer que les malfrats de la galaxie !

Hou, hou ! Le Bon, le Bien, le Discernement, où êtes-vous ?

« Vos capacités d'observation sont faibles, car prisonnières de dogmes, de croyances ; vous avez fermé la porte aux ouvertures cosmiques. Vous êtes capables de reconnaître du premier coup d'œil « la main de l'homme » dans un objet, même très rudimentaire comme une pierre taillée fabriquée par un de vos congénères présents ou passés, et de faire la différence avec un vulgaire caillou ! Vous reconnaissez dans ces objets, à juste titre, un projet, une pensée, une conception intelligente. Et quand vous voyez la délicate sculpture d'un simple coquillage avec sa spirale, sur le même modèle que les galaxies, les fleurs de tournesols, les tornades, le temps, etc., délicate sculpture basée sur le Nombre d'Or et la Spirale de Fibonaci, qu'y voyez-vous ? Ce simple coquillage, et là je ne parle que de la coquille, parce que la bestiole, elle a un plan la bestiole ? Comme les fleurs, les tornades, etc. ? Mais vous ne pourriez d'aucune façon les reproduire dans leur perfection microscopique en mettant en œuvre toute votre intelligence et votre technologie ! Attendez, avec votre super cerveau, vous ne pouvez même pas égaler un limaçon ? Tout ce qui se situe hors de votre compréhension est arrivé comme cela, non ! Pas de plan, pas de pensée, par hasard, c'est la sacro-sainte « évolution » ; c'est puéril et enfantin de croire cela ! Évolution bien sûr, qui n'est pas dans son intégralité à mettre à la poubelle, mais qui n'explique en aucune façon le passage des acides aminés en protéines. Oui ! Le langage de l'ADN est porteur d'informations complexes, plus denses et plus élaborées que n'importe quel programme informatique, et nécessaire à la réplication de la vie, et bien, encore sans rire, bof, le hasard et la nécessité ou autres théories, en tout cas, hors de question d'y voir une quelconque **conception intelligente** !

« Vous reconnaissez une conception intelligente dans ce que vous fabriquez ou concevez avec moult réflexions, plans, technologie, mais quand il s'agit du vivant, de ce qui sort de vos réalisations exclusivement matérielles, personne n'a pu y penser, vous êtes les seuls, ici-bas à créer avec votre intelligence. Une simple bactérie et son flagelle, véritable moteur biologique[19] aux incroyables performances, sont beaucoup plus élaborés que n'importe quelle réalisation humaine, et bien sûr, impossible à « reproduire ». Les moteurs humains ont de bien faibles performances à côté de cette machine biologique ! Mais voilà ! La science exclut systématiquement une cause avant même de considérer les preuves. Et avec le moteur bactérien, nous avons une très **faible probabilité** et des **caractéristiques** d'une extrême précision pour arriver à une **finalité**, c'est-à-dire ce moteur, qui prouvent qu'il y a au départ une **Information**. Pourquoi nier avec un tel acharnement qu'il ait pu avoir un Concepteur ? Alors que s'est-il passé, tu as une idée ?

---

19 Il y a de nombreuses représentations de ce moteur sur internet et des « pièces » qui le composent ! Pure merveille technique, Howard Berg de Harvard l'a surnommée « la machine la plus efficace de l'univers » ! Certains de ces moteurs ont une vitesse de rotation de 100 000 tours/minute, et sont reliés à des mécanismes de transduction de signaux sensoriels qui leur fournissent des informations sur l'environnement. Même à cette vitesse, ils peuvent s'arrêter en un quart de tour, changer de cap et repartir à 100 000 tours/minute dans une autre direction. Ils sont composés d'un grand nombre d'éléments indispensables au fonctionnement de l'ensemble et dotés de deux vitesses en marche ; avant et arrière, d'un refroidissement liquide et d'une force protomotrice, de nombreuses « pièces » dont un arbre de transmission, une hélice. Tous ces composants fonctionnent comme un moteur fabriqué par l'humain, mais avec des performances infiniment supérieures, et doivent être « montés » dans un ordre bien défini, comme n'importe quel moteur ! De plus ils consomment très peu d'énergie...

Une jambe amputée qui fait des siennes ?

— Il ne se serait pas passé un truc avec le principe artisan et les forces obscures qui auraient corrompu le principe artisan pour qu'il devienne principe guerrier ? Oui, je me souviens "ce que disait la Source : *Sentant une certaine pression, et malgré un mauvais pressentiment, la Grande Créatrice ressortit sa boîte de Petri avec un soupir.*

« C'est cela, cette fichue jambe du X amputée est en train de faire des siennes. *En espérant que les lointains descendants ne perdront pas la mémoire de leur origine, et ne feront pas de leur sexe un objet de domination...* » ?

— Eh bien ! Voilà ! Nous y sommes ! Il faut bien comprendre que le principe créateur, symbolisé par les femmes qui donnent la vie, n'a jamais au cours de ces millions d'années, dominé le principe artisan ; leur équilibre et leur entente étaient parfaits comme Dieu les avait voulus. Il en reste des traces dans les quelques vestiges de sociétés matriarcales restant sur Gaïa.

« Les esprits de la génération de Lili, devenue de magnifiques énergies, s'en étaient allés vers des mondes encore plus subtils à faire évoluer, pour continuer leur ascension, ascension en rapport avec le travail accompli sur Terre, et la Beauté des relations entre tous les Êtres. Quand une humanité a fini sa mission sur Terre, la Source revient vers le collectif d'Âmes qui a réussi cette ascension, et un « bilan » est alors dressé : « **Quelle Terre laissez-vous ? Qu'avez-vous réalisé pour le bien des espèces ? Les avez-vous accompagnées dans leur évolution ? Avez-vous répandu, arrimée**

à Nature, la force d'Amour qui doit tout gouverner ? Comment vous êtes-vous comportés envers vos semblables, envers les autres règnes, envers Gaïa, vous qui avez la Conscience ? ».

— Ben dis donc, pour les premières, cela devait être facile, mais pour la nôtre, moi je dis « ayaïyaïe » ! Il y a de la réincarnation à mort là-dedans, c'est le moment de le dire, et pas pour le meilleur ; dans ces conditions, cela peut durer encore longtemps ! Mais les forces obscures n'auraient-elles pas provoqué cette baisse vibratoire pour investir mentalement les humains les plus vulnérables ? On peut constater dans notre histoire que certains êtres, particulièrement maléfiques, occupent presque toujours les plus hautes fonctions. Attirés exclusivement par l'amoncellement outrancier de biens matériels, le service à soi en excluant complètement le service à autrui, ils veulent ensuite le pouvoir, un pouvoir absolu qui mène tous les pays vers une dictature mondiale. Il leur est facile, avec le miroir aux alouettes d'une technologie d'écrans, de contrôle mental, de vaccins, de peur, de pousser de plus en plus de monde dans le sens contraire de l'Évolution, les entraînant ainsi avec eux dans les couches les plus éloignées de la spiritualité. Mais comment ces forces obscures ont pu investir aussi facilement la conscience humaine ?

Justice humaine, Justice Divine

— Pour commencer, juste après la mort, chacun se retrouve devant un « miroir », mais pas pour se regarder le nombril et se trouver le ou la plus belle, c'est le « miroir » de l'Âme ! Un corps peut tant bien que mal masquer sa laideur et même une personne renommée « belle » ne pourra pas se cacher devant ce miroir. La beauté physique est éphémère et relative, la beauté de l'âme est éternelle ! Elle apparaît alors dans toute sa Lumière… ou sa noirceur absolue, sans échappatoire possible, nul endroit, nul espace pour s'y cacher, il n'y a plus que la Conscience, rien que l'Esprit, rien qu'une Énergie où tout est enregistré et **les honneurs humains n'ont rien à voir avec les honneurs divins**… La justice humaine est tellement faillible, mais pas votre conscience ! Un être humain qui a bien reçu la petite graine d'esprit, commet un forfait, un meurtre pour aller au pire, et comme il s'aperçoit qu'il y a eu des témoins, il les supprime tous ! Pas vu, pas pris, pense-t-il, mais il est vraisemblable que toutes ces ignobles actions vont le hanter pour le reste de sa vie, car, tapie au plus profond de lui, sa petite graine est là, toute recroquevillée, comme la petite fleur, mais elle est là quand même, comme ces graines que l'on retrouve parfois des milliers d'années plus tard, et qui ont encore un pouvoir germinatif ! À sa mort, il ressentira toutes les souffrances qu'il a infligées, et peut-être, s'il n'a pas pris conscience de ses forfaitures, revenir les vivre dans une incarnation future.

« Et là encore, il faut prendre en compte un phénomène peu connu. Si par ignorance, les âmes des victimes, qui peut-être ont aussi elles-mêmes pêché, veulent se venger, elles restent alors attachées à leur bourreau et continuent volontairement leur calvaire, puisqu'elles sont entraînées dans l'astral vers les plus basses énergies. C'est là que les forces obscures agissent, car elles se nourrissent de souffrance, de misère, et ont donc intérêt à la profusion en cette triste matière. Elles enferment donc les morts dans un carcan, leur montrent une belle lumière, puis se faisant passer pour de bons guides, leur conseillent de venir se racheter au prix de souffrances ou se venger c'est encore mieux, pour alimenter leur commerce et la roue. Et même les personnes qui n'ont jamais commis de graves fautes, mais meurent avec des regrets de n'avoir pas accompli ce qu'elles auraient voulu faire de leur vie, des jalousies, etc., voient ces pseudos « guides », pour les éloigner de la Vraie Voie, leur proposer de revenir refaire un essai, qu'elles seront aidées, qu'elles pourront réaliser leurs rêves! Oui! La rechute est tellement facile dans un monde où tout est fait pour pervertir l'être humain et l'éloigner à jamais de sa vraie Nature. Si plus personne ne vient alimenter la grande roue du karma sans fin, pure invention de ces forces maléfiques, leur sort est scellé... Alors, les forces obscures ont commencé, pour les humains vivant sur terre, à projeter sur l'écran gigantesque de la paroi interne de la ceinture de Van Allen, une projection holographique de plus en plus dense, complètement remaniée de l'univers, des planètes, des galaxies, et toutes sortes d'objets célestes. Nous sommes dans la grotte de Platon...

« Nous avons vu que les premières humanités, qui avaient un accès direct au ciel et dont les agissements et les pensées étaient pures, n'émettaient donc aucun déchet. La réincarnation serait censée rééquilibrer les forces qui se sont trouvées perverties par des comportements, des sentiments hautement néfastes, et en profonde opposition avec les forces d'Amour qui régissent cet Univers. Et le karma, que ces forces obscures prennent un malin plaisir à charger, vient non seulement freiner l'évolution, mais vont vous mener vers l'involution. L'Esprit s'étiole de plus en plus, pour finalement se dissoudre dans les vapeurs fumantes et nauséabondes du monde de ces entités sans esprit qui vont s'en délecter.

Laissez venir à nous les petites âmes perdues…

« Avec de pernicieux « conseils » prodigués par ces faux guides qui se prétendent là pour vous aider, ces derniers entraînent les êtres vers l'oubli de leur véritable nature, leur montrant qu'il faut souffrir pour évoluer ! Tu crois vraiment, sauf cas exceptionnel, que la souffrance peut guider vers la Lumière ? Qu'il faut tout oublier pour toujours recommencer à zéro ? Vous enlever toute mémoire entre chaque incarnation ne rime à rien. Imagine un enfant qui chaque nuit oublie tout ce qu'il a appris dans la journée. Va-t-il avoir une chance de passer en classe supérieure ? Tout cela n'arrange que ces forces maléfiques qui se nourrissent de souffrance.

« En effet, la Conscience, profondément liée à l'Âme qui, par trop négligée, niée, piétinée, oubliée, en dépérissant, ne peut plus être le support de l'Esprit. Une terrible dissolution, le pire des scénarios, est alors parfaitement envisageable, et des trappes peuvent se créer dans l'espace-temps pour recycler ces âmes perdues… Cette dissolution fait évidemment très peur et pour cause, peur très nourrissante pour certains. Ceci est récent sur cette Terre, car nous l'avons vu, les premières humanités étaient des Âmes très pures, mais la densité provoquée et l'enfermement dans cette matrice qui occulte une réalité au taux vibratoire affaibli, peuvent provoquer ces regrettables effets. Et plus ce taux vibratoire diminue, plus vous vous éloignez de la Source qui n'a rien à faire de vos aventures personnelles, et n'intervient donc évidemment pas dans vos petites histoires. Prier pour gagner un match de foot ou au loto, non ! C'est juste comique ! Et si une prière est entendue, c'est pour une vraie cause, une grande cause, pouvant profiter à Gaïa et à tous ses habitants. Vous pouvez le faire pour que les Âmes perdues, après leur flash de vie passée à la recherche de pouvoir à n'importe quel prix, de biens matériels, de plaisirs immédiats et destructeurs, sachent que seul un miroir les attend. Vous êtes insérés dans la gigantesque Entité consciente et vivante qu'est l'Univers, mais hélas ! de plus en plus difficile à appréhender pour vous. Mais il se peut aussi que certaines prières communes soient entendues, mais vous devez toujours vous méfier, car les prières groupées dégagent beaucoup d'énergie qui peut être captée par le côté obscur qui va s'en trouver renforcé...

Y a plus personne au bout du fil

« Comme nous l'avons vu, dans le passé, environ tous les 200 000 ans, la ceinture de Van Allen se désactive et comme ses « parois » servent d'écran à l'hologramme de votre réalité, ce sera peut-être une occasion unique pour les êtres humains actuels d'enfin percevoir la Vraie Réalité. Selon leur façon de penser, cela peut se passer dans la Joie et la félicité, ou tout l'inverse ; une inversion des pôles ou autres réjouissances viennent alors mettre la pagaille dans la nature. Dans les temps très anciens, où la matrice n'existait pas encore, cela permettait aux humanités d'ascensionner quasiment au complet pour s'en aller vers d'autres mondes à faire évoluer, laissant la Terre suivre son propre cheminement avec ceux qui avaient raté la marche ! C'était donc un recyclage en règle.

« Bien sûr, la Source de cette planète distillait certaines connaissances acquises par ces civilisations, que les Âmes, de retour en incarnation, pouvaient capter et transmettre.

« Mais maintenant, enfermés dans cette matrice qui occulte la majeure partie d'une réalité que vous ne pouvez plus percevoir, les choses sont assez compliquées. Il faudrait que chaque humain vainque ses peurs, et en tout premier lieu, celle de mourir, car elle jette les plus peureux dans les mains des médecins à la botte des grands laboratoires qui ont tout intérêt à **soigner** (soi nier) et non pas à **guérir** (gai rire) ! « L'espérance » de vie augmente ? Quel progrès ! Mais dans quel état ? De plus, les gens meurent sans conscience et plus ou moins (plus que moins d'ailleurs !) hébétés par les drogues ingurgitées chaque jour et engoncés dans la certitude qu'il « n'y a rien après la mort ». Ils arrivent donc de l'autre côté en état d'inconscience, et l'ignorance arrange bien les gardiens de la matrice, qui peuvent alors diriger les âmes comme bon leur semble. Mais si chacun élève son niveau vibratoire avec de belles pensées, de belles actions sans pour autant ignorer la puissance des forces obscures, il en sera tout autrement...

« Alors évidemment, pour vous, dans ce vaste Univers, ça manque de connexions ! C'est pour cela aussi que vous êtes tellement isolés dans votre coin. Nous les atomes, avons l'intrication, mais vous, êtres biologiques, qui avez perdu la communication transpersonnelle, engoncés dans un corps si opaque ; il ne vous reste que la parole, une parole extrêmement limitée, et dont la valeur peut souvent se montrer très contestable ! Sur Gaïa, vous avez créé des structures sociales indigentes au niveau spirituel qui vous privent de véritables communications. Et c'est paradoxalement à l'époque où vous avez développé des moyens technologiques très performants que, ironie du sort, vous êtes complètement isolés les uns des autres, et surtout sans aucune connexion à votre être véritable. Vos rapports deviennent des plus incohérents ; la violence et ses accessoires arrivent à un paroxysme rarement atteint.

Zut, v'là les parasites et le « virus du siècle »

« À l'intérieur de ces grandes périodes, il y a quelques resets sous forme de déluges et, ou, volcanisme qui, sans tout détruire, laissent suffisamment de traces pour amuser les archéologues et les curieux, mais qui bizarrement semblent effacer la mémoire des grands faits. Pour votre toute petite histoire, ressasser, tant au niveau individuel que collectif, revenir sur le passé ne sert à rien, et surtout pas de recommencer les mêmes erreurs, voire d'amplifier les horreurs commises ultérieurement, comme tu peux, hélas, le constater dans les temps présents !

— Alors ? Que s'est-il donc passé ?

— Je ne suis qu'un simple atome, je ne reçois pas les Confidences de la Source directement, mais je suis présent dans bien des domaines. D'ailleurs c'est aussi là, avec la réincarnation forcée, que sont apparus les parasites !

— Ah oui, toutes ces horribles bestioles qui piquent, rongent, érodent, grattent, empoisonnent, sucent le sang en se nourrissant d'êtres vivants...

— Oui, comme vos banquiers en quelque sorte, et leurs patrons encore au-dessus d'eux qui tirent les ficelles des marionnettes qui « gouvernent ». Les humains se font voler leur pouvoir créateur par ces entités sans esprit qui maintenant les parasitent complètement, et testent régulièrement leur degré de soumission et d'obéissance.

« Et là, avec la mascarade de « pandémie » au corona virus, ils ont pu voir qu'il suffit de leur dire : « bouh... le vilain virus, vite,

vite, restez confinés chez vous, méfiez-vous des autres, mettez une couche sur votre visage, des saloperies sur les mains, n'allez plus qu'au supermarché et surtout pas sur les marchés en plein air ! La mort rode partout, dans les bois, sur les plages, dans les parcs (les supermarchés, ça, c'est bon, c'est nous qui encaissons !), écoutez bien le télémensonge et le nombre de morts... ». Et ça a marché ! Oui ! Au-delà de toutes leurs espérances ! Et les psychopathes milliardaires, guidés par les forces obscures, prennent encore un peu plus l'ascendant sur leurs semblables, puis profitant de cet ascendant leur conférant un délire de puissance, entraînent les plus faibles avec eux dans les dépôts nauséeux des plus basses densités de la matière, ce qui semble être pour eux un moyen de survie.

« Cela me fait penser à une boule de neige sale, agglomérant autour d'elle tout ce qui se trouve sur son passage, et qui finit, telle une troupe d'araignées filant leur toile, par opacifier la lumière présente en chaque être humain. Et pour renforcer leur pouvoir, rien de tel que d'entretenir des guerres mesquines entre partis politiques corrompus, histoire de créer des camps qu'il faut forcément choisir. Amener le plus possible d'êtres cupides et vaniteux à dominer en rendant les peuples esclaves par toutes sortes de moyens, parasiter les esprits avec des histoires de races, de sociétés, de clans, de piqués à la bouillasse et pas piqués, ensuite imposer ce qu'il faut penser, mentir de manière éhontée par l'intermédiaire de médias corrompus jusqu'à la moelle, voilà leur tactique ! Ils savent trop bien que l'union fait la force ; diviser pour mieux régner, c'est bien connu ! Les religions, les noirs/les blancs, la droite/la gauche, les vieux/les jeunes, le nord/le sud, les hommes/les femmes, etc. Il faut donc créer et maintenir un climat de peur et d'incertitude avec, entre autres, des attentats bidon, le cancer, des phobies d'épidémies ; les microbes, c'est-à-dire le vivant, seraient bien plus dangereux que les multiples produits chimiques absorbés chaque jour par toutes sortes de voies multiples et variées.

« Moi, en tant qu'atome, je vois bien ce qu'il se passe à l'intérieur, et parfois ce n'est pas joli joli ! Tiens, par exemple, les vaccins ! Vous avez un système immunitaire très performant qui fait son apprentissage et son ménage ! Oui, littéralement, avec de petites maladies infantiles qu'il faut absolument laisser faire leur office. La fièvre est une bénédiction qui permet au corps de faire le nettoyage à fond et élimine les indésirables. En plus, si vous la faites descendre artificiellement en supprimant le symptôme, ces bestioles ont le champ libre, le corps ne peut plus faire son ménage, et une grave maladie peut alors s'installer, comme la poliomyélite. Un accès de fièvre doit donc être respecté pour laisser le corps faire son travail ! Il pourra alors, tel un coach sportif, entraîner ses poulains à être les meilleurs, et gagner toutes les batailles ! Oui, car c'est bien de cela qu'il s'agit, chaque « bataille » fait un bon ménage, le système immunitaire se fait les muscles pour préparer la vie future et affronter les aléas de la vie, tant sur le plan purement physiologique que psychologique, si toutefois on ne précipite pas l'enfant dans le système médical, scolaire et sociétal. Et c'est à cet entraînement quotidien que l'être humain doit se confronter, la maladie n'étant que le moyen trouvé par le corps pour se débarrasser de ses toxines.

Mais qu'il est donc mignon ce p'tit microbiote !

« Par exemple, on vous met du chlore dans l'eau du robinet, Cl, pour les intimes (qui lui, fait carrément son crâneur avec ses 17 protons et ses 17 électrons). Je dois dire que je ne l'aime pas trop, car quand il arrive quelque part, c'est un peu le genre « pousse-toi de là que je m'y mette ». Rajouté à l'eau, il zigouille tout ce qui vit, et nous, on aime bien avoir quelques copains dans l'eau. Une fois qu'il a tué tous les microbes, bien sûr les pas sympas comme les sympas, c'est plein de cadavres, et leurs déchets font souvent apparaître des virus, qui, je viens de l'évoquer, vont décider de faire le ménage à fond, et parfois tellement à fond que... Et puis vous savez, l'Eau aime la Liberté, la Joie, la Lumière, parfois l'intimité dans les grottes et les cours d'eau souterrains, mais toujours libre ! Alors les canalisations toutes droites, ça la tue ! Elle arrive chez vous moribonde, triste, dévitalisée avec plein de saloperies qui vous déstructurent, et c'est cela que vous buvez !

« Et un peu comme le chlore qui zigouille tout, quand vous prenez des antibiotiques, c'est un peu pareil pour votre « microbiote ». Pour les 200 000 voire 400 000 milliards de petites bêtes (environ 500 espèces), qui vivent dans votre corps, la grande majorité dans l'intestin, ce n'est pas l'idéal. Maltraitées, elles ne peuvent plus faire leur travail correctement, et pourront alors se révolter, devenir des opportunistes, voire des pathogènes, et créer toutes sortes de maladies que le bon docteur va soigner avec ses chers petits médicaments mijotés par les laboratoires pharmaceutiques qui sont si efficaces ! Mais sache qu'elles sont tes meilleures amies, et influencent même ton humeur, ton imagination, ta créativité, ton intuition... Imagine, tu es un véritable écosystème à toi toute seule ! Ça vit, ça se reproduit, ça défèque, ça exprime son code génétique ! Oui, je suis désolé de te le dire, mais le tien ne s'exprime que de 1 % pour l'ensemble de ton corps, alors je te pose la question : corporellement parlant, qui es-tu vraiment ?

— Un monde à moi toute seule !

— Les cellules de ton corps ne sont que 10 000 milliards ! C'est pour cela, la solitude ! Et ce p'tit microbiote, je crois qu'il adore voyager ?

— Quand vous touchez une personne, que vous l'embrassez, vous vous échangez une partie de ce p'tit microbiote ! Et à chaque embrassade, vous vous enrichissez !

— Et cela crée des liens...

— Évidemment, ce n'est pas ce que l'on vous raconte ! Et tout ce petit monde s'entend à merveille et fait comprendre l'intérêt d'entretenir la paix en nous à tous les niveaux, car une révolte, à 200 000 ou 300 000 milliards ... En tout cas, quel modèle d'entente ! Et elles ne connaissent ni la rancune ni la vengeance, pas comme les humains qui adorent tant se gargariser avec leurs commémorations, travail de mémoire, films de violence, théories élevées au rang de dogmes et autres glorifications des plus nocifs d'entre eux en élevant vers le ciel de pathétiques « plus jamais ça ! ». Et sempiternellement, cela recommence ; les victimes sont devenues bourreaux ! Le statut de « victime » est souvent très prisé par certains, ce qui donne de bonnes raisons de manifester la haine, et permet d'alimenter les égrégores négatifs qui entourent maintenant Gaïa... Car c'est sûr, s'il y a des victimes, il y a des bourreaux !

« Et les rôles deviennent interchangeables, s'alternant au fil du temps, de réincarnation en réincarnation, savamment orchestrées, un coup bourreau, un coup victime ; qu'est-ce qu'ils peuvent s'amuser !

Sans se presser, le Mal est arrivé

— Voudrais-tu parler du Mal ? C'est par là qu'il est arrivé ?

— Bien sûr, le Mal ! Suggéré par les forces obscures, il est créé de toutes pièces par la violence, la haine, enfin tous ces sentiments d'une extrême négativité, et plus ils prennent de l'ampleur, plus le Mal prend de l'assurance. Car dans les temps présents, certaines victimes aiment le statut qui leur donne du pouvoir, et va du coup légitimer le désir de se venger, et faire… d'autres victimes. Incroyable à dire, mais cela a été amplifié avec un humanisme très mal compris. Cette histoire de violence est arrivée tout doucement bien antérieurement à votre humanité, quand le principe artisan a commencé à vouloir prendre l'ascendant sur le principe créateur et le dominer, devenant alors le principe guerrier. Il s'est approprié la procréation, fécondant les femmes à tire-larigot pour avoir de la main-d'œuvre pour le travail et la guerre, la guerre, la guerre, les conquêtes…

— Le Mal adore, je suppose ?

— Devine, il a la faculté de renforcer les êtres qui le suivent ; plus il est alimenté par la souffrance, plus il est fort, et d'ailleurs cela se retourne contre eux, la preuve : mal à dit !

— En ce moment, ce sont de vrais festins, avec la peur, les guerres, les attentats, les soi-disant pandémies…

— Oui ! Et il devient de plus en plus fort !

« Comme nous l'avons évoqué, l'Âme mal nourrie, privée d'Amour, de Beauté, d'Émotions pures, d'Empathie… et dont le principal apport de nourriture, abondamment distribué par les médias, le cinéma, les jeux vidéos, sont la barbarie, le cynisme et leurs accessoires multiples, divers et variés, l'Âme se nécrose, ne laissant que des amas de cellules organisées en formes humaines vivantes, et ne peut plus être le support de l'esprit qui n'a plus le tremplin nécessaire à son ascension et peut disparaître complètement de la grande gerbe de la vie.

« Il est donc de première importance pour un Esprit de garder la pureté qui va lui permettre d'ascensionner, laissant la Terre et la biodiversité repartir sur un autre chemin avec de nouvelles graines d'Esprit. En effet, sans cette joyeuse graine Esprit avec des joues bien roses, l'être perd son individualité, c›est-à-dire sa capacité à l'évolution personnelle. Et comme la plupart des animaux et dans le meilleur des cas, la dissolution dans une âme groupe sera leur sort... Il faut bien comprendre que c'est l'Esprit qui a la capacité de juger du bien et du mal. Oui, certaines personnes prétendent qu'il n'y a pas de « bien et de mal » ; ils se placent ainsi d'office dans la catégorie des animaux. Un animal n'a pas cette notion, certains l'apprennent avec vous. Un prédateur qui dévore sa proie encore vivante n'a aucune notion de la souffrance qu'il lui inflige. Il la regarde comme vous pouvez regarder un bon gâteau dont vous allez vous régaler ! Par contre un être humain qui inflige une torture tant physique que mentale, a parfaitement conscience de ce qu'il fait. Du temps des premières humanités, comme nous l'avons déjà évoqué, il n'y avait pas de prédateurs, juste des charognards qui recyclaient les corps.

« Mais actuellement, comme la mémoire est presque systématiquement effacée à chaque incarnation forcée, il devient difficile de tirer des enseignements de la conséquence des actes d'une ancienne vie qui n'aurait pas été dans le bon sens. Il est vrai que certains, peut-être un peu moins programmables que les autres, et ayant la forte sensation d'avoir quelque chose à accomplir dans la matière, peuvent garder des traces de leurs anciennes vies sous forme de réminiscences. Mais là encore, la rigueur doit être de mise, car il est possible que des souvenirs injectés de force fassent du coup payer pour le karma de quelqu'un d'autre !

« Pour les autres, il ne s'agira que de revivre sempiternellement les mêmes événements, les mêmes épreuves, les mêmes souffrances sans jamais remettre en question leur condition d'esclaves de l'ego, et se laisser de plus en plus siphonner leur énergie. L'opportunité de s'éveiller ne les effleure pas une seule seconde et ainsi, le Mal avance dans son œuvre, jusqu'à ce qu'il ne reste plus d'eux à leur tour, comme nous venons de l'évoquer, qu'un amas de cellules organisées, un récipient organique en forme d'humain, sans cohérence spirituelle, avec la même apparence que les autres, mais sans aucun sentiment et empathie : un portail organique, selon l'expression consacrée.

Toujours plus bas

«Arrivés à ce stade, ils peuvent soit complètement sombrer dans les boues astrales, soit devenir eux-mêmes des tortionnaires de toutes espèces pour y échapper très provisoirement, sans aucun espoir de retour. Il n'y a plus alors de freins au délire du mental, ce qui explique les comportements guerriers, les conflits, les guerres de toute nature devenant ainsi le moteur de ces civilisations guidées par ces entités sans esprit où le peuple est réduit à une masse bêlante et amorphe, esclaves consentants. Ceux d'antan n'avaient qu'une idée, s'extraire de cette situation par tous les moyens au péril de leur vie, mais les esclaves de vos temps modernes réclament eux-mêmes leurs chaînes pour une fallacieuse protection, *ceux qui peuvent renoncer à la liberté essentielle pour obtenir un peu de sécurité temporaire ne méritent ni la liberté ni la sécurité*[20]. Il est pourtant important de savoir que refuser de voir la réalité n'a rien d'épanouissant, et celui qui préfère volontairement rester dans l'ignorance et croire tous les mensonges qui l'arrange, devient lui-même acteur et consentant. Libre, le Mal se pare alors de toutes sortes d'appâts, aptes à attirer à lui toute âme en mal de vivre.

— Tu veux dire que ceux qui ne cherchent pas à savoir et préfèrent, à l'instar des autruches supposées mettre leur tête dans le sable en cas de danger, seraient aussi coupables?

20 Benjamin Franklin

Qui ne dit mot consent

« Comme tu le sais, les réponses vous viennent quand vous en avez besoin. Tu as cru dur comme fer au karma et que tout était juste. Puis tu as analysé tes propres expériences et compris que cette histoire est un grand piège.

— Alors les « élites », comme nous l'avons déjà évoqué, entités sans esprit, ont besoin de notre consentement pour pouvoir continuer leurs abjectes manipulations ? Et quoi de mieux que de faire croire que tout est juste : la guerre, la pédophilie, les sacrifices, le sang, le malheur, les dépressions, les disputes, le cynisme, etc. et encore etc. ; tout cela est leur nourriture préférée. Si je ne veux surtout pas savoir, où même si je pense que c'est juste, je donne implicitement mon consentement, j'accepte tout, je donne un accord tacite, je ne dis rien donc je suis d'accord, et **qui ne dit mot consent**... Même si je ne peux rien faire ici bas, le simple fait de réprouver montre que je ne suis pas d'accord, c'est cela ?

— Tout à fait. Un être humain « normal » ne rêve pas de pouvoir absolu, de commander, d'avoir des quantités d'argent monstrueuses en appauvrissant volontairement ceux qui sont censés être ses semblables ! Ces êtres là, totalement dépourvus de la moindre once d'empathie, n'ont que quelques doubles avec lesquels ils s'allient (dans tous les sens du terme), pour perpétrer leurs méfaits. Le problème, c'est qu'ils rallient à leurs causes malsaines, tout un lot d'humains qui rêvent aussi de puissance. C'est nouveau sur Gaïa, un être humain sain d'esprit ne peut agir de la sorte, sa Conscience lui dicte un autre comportement qui, s'il ne lui apporte pas la richesse matérielle, donne un rayonnement intérieur hautement profitable à tous. Dans les très anciennes civilisations, il n'y avait pas de dirigeant attitré et permanent. Chacun prenait la direction des opérations, avec l'aval de la majorité, dans le domaine qu'il connaissait le mieux. Une fois la tâche terminée, la personne retrouvait son statut ordinaire, et c'est peut-être une autre qui prenait « le pouvoir » dans un domaine différent. Il y avait aussi un conseil de sages dûment choisis pour leurs qualités d'Esprit exceptionnelles.

— On constate que ce pouvoir, au fil des temps, a montré que certains de ces êtres (soi-disant humains !) présentent une hypertrophie de la personnalité carrément pathologique. Et « l'histoire » ne retient que ceux-là, racontant avec gourmandise leur délire de pouvoir et de conquêtes ! Mais ne soyons pas trop pessimistes, je rencontre parfois des personnes dont le cœur est vraiment pur et à qui je n'hésiterais pas à confier mon bien le plus précieux en toute sécurité ! L'enseignement, mené avec discernement, peut aussi arriver à cet équilibre.

— C'est vrai, la transmission bien comprise protège, mais que transmettez-vous vraiment ? Dans les écoles, vous fabriquez de petits robots bien obéissants avec des matières complètement artificielles et souvent fausses, petits robots bien conditionnés qui seront dans le consentement, allant jusqu'à occulter leur ressenti d'une autre réalité au profit de la doctrine officielle. Faire comme les autres devient une sorte de leitmotiv général ! C'est donc une véritable caution donnée aux « maîtres » qui va leur permettre de s'emparer de toutes les ressources, et en dernier lieu des Âmes moribondes.

— Je ne suis qu'un atome...

« Et la Source, au nom du libre arbitre, n'intervient jamais. Plus le voile qui recouvre l'humanité devient opaque, plus les esprits faibles deviennent corruptibles. Maintenant, c'est un peu comme si vous n'étiez dans ce monde que pour tester vos capacités à transcender une matière qui n'a pas de réelle existence, juste pour vous exercer à retrouver dans cette opacité, le chemin sacré du retour à la Source, voir si vous allez vous reprendre et faire quelque chose de bien pour cette Terre et tout son écosystème !

— Franchement je me le demande aussi, mais n'y a-t-il pas quand même beaucoup de personnes actuellement dont la conscience s'éveille ?

— Oui, bien sûr, mais quand je vois tout ce que vos scientifiques mettent sur le dos de l'« évolution » qui n'est que le travail de ces premières humanités, il y a encore du boulot ! Je ne suis qu'un atome...

— Mais quel atome !

— Ne me flatte pas ! Donc en tant qu'atome, je regrette les très anciens temps ; c'était tellement fabuleux de voir ces Créatures merveilleuses à l'œuvre. Toujours en suivant les Instructions venant de Dieu, elles s'amusaient comme des folles à manipuler le vivant. Et comme n'importe quel ingénieur ou bricoleur se gratte la tête pour réaliser tout ce qui fait votre civilisation, pour cela, il lui faut vraiment penser, faire des plans, réaliser au besoin des maquettes, cogiter encore et encore, et bien, elles faisaient exactement la même chose, mais avec beaucoup moins de bêtises, car leur but était toujours d'aller vers la Perfection dans une complexe simplicité. Chaque espèce, tant végétale qu'animale, retenait leur attention, et elles te leur bricolaient l'ADN tranquillement toujours vers le Mieux, le Beau, le Bon et tout en suivant le « Manuel d'Instructions ». Toutes ces phases que reconnaissent les biologistes qui, bien sûr, mettent cela sur le dos de la sacro-sainte « évolution » n'est que leur travail. Elles prenaient un soin tout particulier à équilibrer toutes les espèces entre elles et avec le milieu. Reprenant un ADN antérieur, et avec des mutations, elles créaient de nouvelles espèces adaptées à chaque biotope de manière à ce que Gaïa soit entièrement couverte de végétation et de vie. C'est exactement ce qu'avait fait la source, en prenant l'ADN des singes pour faire le corps de Lili, c'est pourquoi ces ADN, tant du monde animal que végétal se ressemblent autant ; tous les organismes vivants sont bâtis sur les mêmes bases, leur complexité étant déjà extrême, il faut simplifier au maximum ce qui peut l'être. Vos ingénieurs reprennent des plans antérieurs pour faire du nouveau, mais leurs motivations sont très, très loin de celles de Lili, de ses compagnes et compagnons !

« Les êtres vivants sont des machines biologiques d'une extrême complexité que vous commencez tout juste à découvrir. Mais vous êtes tellement imprégnés, pétris, façonnés, pour croire que tout cela ne dépend pas d'une **Conception Intelligente**, que la couleuvre est avalée sans effort, alors qu'il n'y a aucune logique dans cette religion scientifique ; une personne qui réfléchit en dehors de tout dogme et conditionnement ne peut cautionner cette façon de voir ; « c'est la nature ! ». Vous prenez cela comme un progrès par rapport à ce que vous considérez comme d'obscures croyances de temps lointains et révolus ! Même toi qui as compris cela depuis longtemps, parfois le doute t'effleure...

— Oui, c'est vrai, j'ai été comme beaucoup, conditionnée. Dans ma famille, c'était athée et athée plus plus ; la vie n'a pas de sens, nous sommes seuls dans l'Univers et le fruit du plus incroyable des hasards. Allons, allons, nous sommes des gens raisonnables, respectables, cultivés. Nous sommes loin de ces temps obscurs où tout avait un sens, même s'il échappait à la raison. Et moi j'étais là-dedans ! J'ai sans doute échappé de peu au suicide, et je me suis mise à penser par moi-même, j'ai réfléchi, et mes expériences de vie m'ont fait comprendre que ce passage si fugace ne se limite pas à cette apparition dans la matière, qui malgré sa brièveté, conditionne la vraie Vie. J'ai vu comment les incarnations terrestres sont empilées les unes sur les autres, un peu comme une pile de crêpes (chaque crêpe représentant une vie) flottant l'une au-dessus de l'autre, venant du fin fond des temps et allant vers... Une fine trame de lumière les traverse comme un axe au milieu d'une roue et les relie entre elles. Et j'ai vu ces innombrables empilements reliés par d'autres fils parfois lumineux, parfois sombres où circulaient tous les sentiments humains, le tout ondulant dans un infini immatériel, instantané, où le temps, dans une folle illusion, ne défile que sur la surface de ces étages... J'ai vu que seuls la Joie, l'Amour, la Beauté, la Compassion, la Vérité, le Pardon, la Tolérance, etc., sont les fondations indispensables à la Vie. Ce qui est présenté comme savoir secret, tout ce qui veut rester mystère et interdit peut cacher l'inavouable, et donne à ceux qui possèdent ces secrets un pouvoir dont il est si facile d'abuser. Maintenant, il est vrai que certains savoirs ont certainement dû rester cachés pour ne pas tomber aux mains d'êtres malfaisants.

Une Information à l'élaboration de la vie

— Quand chaque humain pourra voir, ressentir, comprendre et imager comme tu le fais avec tes petites possibilités, Gaïa pourra enfin changer. Mais la majorité n'est encore que dans une fonction de survie. La fin biologique, qui terrorise la plupart des humains, n'est que la mise à la casse du véhicule, si perfectionné soit-il ! L'Âme prend le relais pour conduire l'Esprit vers sa destinée, conditionné par les actions du défunt conducteur de ce véhicule maintenant réduit à un amas de cellules sans vie. Quand vos scientifiques commenceront à prendre en compte et étudier les phénomènes qu'ils ne comprennent pas, plutôt que de tout rejeter, cette civilisation, s'il n'est pas trop tard, pourra enfin évoluer !

— Alors je me demande quelquefois si ces dogmes scientifiques, sous couvert de modernisme et d'esprits soi-disant « ouverts », ne sont pas plus terribles que l'Inquisition. Jacques Monod, prix Nobel s'il te plaît, écrit dans *Le hasard et la nécessité* : « *L'ancienne alliance est rompue* (qui donnait un sens à la vie avec un dieu créateur !) ; *l'homme sait enfin* (enfin ce n'est pas trop tôt ?) *qu'il est seul dans l'immensité indifférente de l'Univers, d'où il a émergé par hasard* (je rajouterais bien, le plus improbable, **gigantesquement improbable** des hasards). *Non plus que son destin, son devoir n'est inscrit nulle part* (même en cherchant bien ? Comme cela il peut bien faire n'importe quoi, et n'avoir de comptes à rendre à personne). *À lui de choisir entre le Royaume et les ténèbres* ». Un petit coup de Jean-Paul Sartre par là-dessus, pour bien choisir les ténèbres dans le summum de la désespérance avec l'être et le néant, et le tour est joué ! L'un des plus grands gâchis du XXe siècle est en place. Il y a quand même le *Royaume*, mais quel royaume ? Celui de la technologie ? C'est consternant, accablant et notre situation actuelle est bien la suite logique de cette façon de voir les choses initiées par les « lumières ». Francis Crick, Nobel aussi pour ses recherches sur l'ADN, rajoute sa petite couche personnelle : « *les biologistes doivent constamment se rappeler que ce qu'ils voient n'est pas le fruit d'une conception, mais d'une évolution.* ». Encore une fois, on exclut une cause avant même de prendre en compte les preuves ! Ben oui ! Ils sont bien les dignes petits-fils de Darwin ! À la suite des philosophes de ces vraiment drôles de « lumières », il fallait coûte que coûte trouver une alternative à la religion et expliquer la vie sans avoir à faire intervenir une Conscience. C'est bien sûr à double tranchant cette histoire, car une religion par trop dogmatique ne va pas dans le sens d'une ouverture spirituelle.

— Oui, sais-tu qu'à cette époque, les scientifiques croyaient que l'unité fondamentale de la vie était la cellule qu'ils croyaient n'être qu'un simple globule de protoplasme, un morceau de gélatine en quelque sorte ! Mais la connaissance actuelle, grâce à la technologie du microscopique, vous fait entrevoir la formidable complexité qui règne dans ce petit truc de rien. Ce qui n'a pas entamé d'un iota la foi en Darwin qui avait pourtant bien dit : « *Si l'on pouvait démontrer qu'un organisme complexe existe, sans être l'aboutissement d'une succession de nombreuses et infimes mutations, ma théorie s'effondrerait totalement* ». Il est sûr que l'évolution existe, mais elle n'explique absolument pas comment est née la première cellule, ni les protéines, ni l'ADN, ni le moteur flagellaire bactérien, merveille de hautes technologies biologiques. Ces caractéristiques très particulières et indispensables n'ont aucune probabilité de se produire spontanément, car il en faudrait un nombre tellement considérable que l'on peut considérer qu'elles sont nulles. Il y a donc une INFORMATION à l'élaboration de la vie qui pour moi, simple atome, n'a rien de mystérieux ! Nous avons tous un plan intégré de tous nos possibles...

Ah ! Ces humains quand même !

« Car avec vous, les humains de Gaïa, c'est toujours pareil : vous avez eu des tas de gens, assez brillants, mais qui laissaient leurs découvertes « ouvertes ». Eux-mêmes avaient su faire fructifier les découvertes antérieures, et ils ne pensaient pas les leurs fermées une fois pour toutes. Et pourtant, après un siècle, deux, trois, même parfois plus, c'est comme si la gravure dans le marbre était inaltérable. Elle est donc suivie avec un fanatisme vengeur par des milliers, même des millions de personnes qui adhèrent sans aucun esprit critique comme s'il s'agissait de vérités indétrônables. C'est bien à Joseph Goebbels que l'on attribue la phrase « *un mensonge répété mille fois se transforme en vérité* » ? C'est un peu la doctrine de vos temps « modernes » !

— Tiens oui, Pasteur (qui avait raté toutes ces expériences sur les vaccins !) avouait à la toute fin de sa vie que le plus important était le terrain, et que le microbe ne faisait que profiter de la situation. Mais les vaccins promettaient de tels profits à long terme, que l'impasse sur les expériences fut promptement faite. Et depuis 150 ans, tout est resté figé, via les grands labos, dans un dogme inattaquable. L'hygiène, c'est très bien, et elle a permis d'éradiquer des maladies très contagieuses comme la peste, mais, ensuite trop, c'est trop ! Le fait de se laver constamment les mains avec toutes sortes de produits souvent toxiques à long terme, ne permet plus à la paume de la main, qui sécrète une substance très subtile qui élimine beaucoup de microbes, de faire son travail correctement. Parfois un simple lavage à l'eau suffit, et il respecte la peau. Et voilà le trio infernal, Darwin, Freud (le « Pasteur du quiqui ») et Pasteur lui-même ont transformé l'être humain en singe obsédé sexuel et vacciné... Et l'on entend la sempiternelle « vérité » : les vaccins sauvent des vies. Ils ne sauvent rien du tout, et ils en abîment tellement !

« Il est maintenant interdit, sous peine d'excommunication et de marginalisation, de contredire ces monstres sacrés. Pour rester scientifique, il faut écarter les causes avant même de considérer les preuves. Il ne faut surtout pas l'évoquer, cette **Conception Intelligente**, car le naturalisme méthodologique exclut absolument d'évoquer l'intelligence et doit rester dans ce qui est « naturel ». Pour faire un escalier pas exemple, avec toutes les variantes possibles, tout le monde sait qu'il faut une formule, des plans, sacrément cogiter, puis seulement ensuite, passer à la réalisation.

— Oui ! Vous êtes vraiment drôles, les humains, mais pour la molécule d'ADN qui contient un alphabet de 3 milliards de caractères en trois dimensions qui crée la vie, là c'est différent ! Avec votre alphabet, 26 lettres, et seulement deux dimensions, vous pouvez écrire des tas de choses très élaborées, mais simplettes par rapport à ce qu'écrit l'ADN. Comment pourriez-vous vous représenter un alphabet en trois dimensions, avec les lettres, flottant dans l'espace façon mobile pour bébé, et devoir les lire ? Et là c'est 3 milliards, transcrits, copiés, décodés pour fabriquer des protéines spécifiques chaque seconde, des milliards de fois et sans quasiment d'erreurs, et si erreurs il y a, un correcteur remet de l'ordre. Ici, c'est la VIE qui s'écrit, votre vie !

Une vie « propre » pas spécialement claire et limpide

« Sauf que tout le monde continue à regarder la télé, ses écrans, et faire ce que l'on dit : bosser, surtout consommer toutes les belles choses qui se fabriquent pour nous ! Amusements, distractions, divertissements, sexe, films, spectacles, loisirs, ne surtout pas penser par soi-même, nos chefs s'occupent du reste, ils pensent pour nous, « circulez, emballé, c'est pesé… ». Les esprits sont saturés avec des plats malsains pris devant des écrans auxquels une grande majorité est accro : la violence, la pornographie, la cupidité, la haine, l'égoïsme, les « mauvaises nouvelles » incessantes, la peur et la « terreur », avec tout plein de messages subliminaux ce qui explique bien des choses. Quand était la dernière fois où une belle pensée a été émise ? Où quelque chose de beau et pur s'est élevé de vous vers le ciel ? Car vous avez tous en vous des bribes de souvenirs de ces temps immémoriaux, généreux et joyeux. Mais pour l'instant, la planète est dans l'état où elle est en raison de toutes ces pensées collectives négatives.

« Revenons un peu à l'ADN. Un ordinateur fonctionne sur un code binaire : 1 0 1 0 etc., et avec juste deux caractères, les informaticiens créent des programmes très complexes, n'est-ce pas ? L'ADN, c'est un code avec 4 caractères, A C G T[21] hyper plus sophistiqué qu'un vulgaire code binaire, vous ne pouvez même pas imaginer ce que vous pourriez faire avec des ordinateurs à ADN, comme celui

21 Adénine (A), cytosine (C), guanine (G) ou thymine (T) qui vont, après des processus extrêmement complexes, aboutir à la fabrication des protéines.

que tu as imaginé dans ton livre *Sophia Galactica, le jeune dieu*, et que tu as baptisé : *PADNER, acronyme de Principe ADN Émotive Reconnaissance.*

— Je pense que les belles émotions sont volontairement exclues de toutes les actions humaines, et l'oligarchie veut faire de nous des robots souffrant pour produire du Loosh, toujours plus de Loosh sans aucun espoir de revenir à la condition humaine primordiale. J'avais donc imaginé que l'utilisateur pourrait placer un capteur au niveau de son plexus solaire, ainsi, seules les informations assimilables au moment émotionnel de la personne se trouveraient disponibles. Mais avec le niveau des informations qui circulent actuellement, ce n'est pas envisageable ; il faudrait que la nature humaine change du tout au tout, et que les vraies valeurs, celles qui animaient les anciennes humanités, reviennent. Mais dis-moi, comment est-on descendu si bas, nous sommes descendus dans les plus basses couches de la création, et nous avons fini par nous décrocher complètement du monde spirituel ?

— C'est un peu cela, oui ! Les entités sans esprit ont modifié votre ADN pour qu'il ne code plus que pour les choses matérielles : nourriture, sexualité, possession en tout genre, exaltation des instincts et des émotions de pacotilles ! Ensuite, avec des polluants divers et variés dont ils vous gratifient : les sacro-saints médicaments et bien sûr, les vaccins ! Ah les vaccins, merveilleuse invention qui effondre le système immunitaire et vous rend dépendants de la médecine ; c'est la touche finale qui pourrait faire de vous, au bout de quelques générations, de parfaits zombies...

— Rudolf Steiner écrivait en 1917 : « *L'homme découvrira un vaccin qui pourra dès la prime jeunesse, par la voie du corps extirper la tendance à la spiritualité. À l'avenir, on vaccinera les enfants à l'aide d'un produit que l'on peut très bien composer et qui empêchera les enfants de développer en eux toute vie spirituelle* ». Et c'est bien ce qu'ils font avec en France avec 11 vaccins dès la naissance, les enfants sont maintenant, avec l'aide des écrans et des débilités distribuées sur les réseaux sociaux et les frasques du corona circus, dans un état mental qui ne présage rien de bon pour l'avenir.

— Oui, c'est une descente vibratoire vertigineuse, et cette « condensation », comme nous l'avons vu, a commencé à créer dans l'astral des sortes de dépôts avec toutes les pensées négatives de jalousie, haine, peur, agressivité, j'en passe et des meilleures ! qui se sont de plus en plus concentrés pour finir par avoir, nous l'avons déjà évoqué, une vie propre (enfin façon de parler, car pas spécialement claire et limpide !). Ainsi, cette descente va entraîner bien des humains, les éloignant de leur être intérieur, de leur Conscience, de la Source, de la pureté, avec des mirages, des bimbeloteries, des reflets, du clinquant... incitant les plus belliqueux à dominer par tous les moyens, donc à se battre et faire le Mal de plus en plus violemment. Ainsi, ces énergies, créées par certains humains et alimentées par les peurs, souffrances, douleurs, désespoir, lamentations et la suite, grandissent, se répandent, prennent force...

— Oui ! En 1775, un ingénieur présente au jeune roi Louis XVI « un orgue militaire » ancêtre des mitraillettes pouvant lancer 24 balles. Devant cette meurtrière machine, le roi et ses ministres la refusèrent, considérant son inventeur comme un ennemi de l'humanité... La Chine du Moyen Âge connaissait la poudre, mais l'utilisait surtout pour des feux d'artifice et en médecine ! Dans l'antiquité, la guerre était l'affaire des militaires qui s'affrontaient sur un champ de bataille. De nos jours, ce ne sont pas des centaines, mais des millions, dizaines de millions de civils, femmes, enfants, vieillards qui sont massacrés par le complexe militaro-industriel, avec la bénédiction des « gouvernements »... Il y a donc une barbarie à distance, bien enveloppée dans du papier cadeau, plus grande que dans les temps plus anciens. Nous avons dramatiquement régressé !

Des « Lumières », pas très lumineuses

« Tu remarqueras que cette accélération s'est produite avec la négation de Dieu. Et cela est arrivé, dans un premier temps avec ce que vous appelez « les Lumières » dont Voltaire, pour ne citer que lui, s'était fait le porte-drapeau. Arrivent là-dessus Darwin, Pasteur, Freud... N'en jetez plus, la cour est pleine ; vous êtes faits comme des rats de laboratoire !

« L'individualisme a commencé ses ravages avec le commerce, la propriété privée et surtout l'argent, qui a amené les banquiers à devenir de plus en plus avides, n'hésitant pas à jeter à la rue des centaines, des milliers, voire des millions (avec « le progrès ») de gens à la rue sans aucun état d'âme.

« Ceux qui agissent de cette manière perdent ainsi toute connexion avec leur conscience et ne sont plus reliés, ni au Ciel, c'est-à-dire à la Source, ni à l'entité humaine dans son ensemble, ni à la Nature. Avec cette descente effrénée dans la densité, Gaïa a perdu la place que lui donnaient ses habitants qui la situaient au centre de l'Univers sous le regard d'un dieu (pas très sympathique, et bien humain au demeurant), qui était censé régir plus ou moins les affaires humaines. Néanmoins, l'humanité restait encore en lien avec le Ciel et la Terre, mais ce dernier espoir lui fut bientôt enlevé, et une toute nouvelle religion s'est rapidement imposée : l'athéisme, encore plus sectaire et intolérante que tout ce qui avait précédé. Depuis son avènement, un être humain au mental disproportionné règne désormais sur le monde, et les guerres, massacres, famine, misère, savamment organisés par une élite sans conscience, clamant haut et fort à qui veut l'entendre, les bienfaits de ce nouvel ordre mondial. Bombardé par des médias asservis, qui présentent la démocratie comme une avancée majeure, avec la volonté de l'imposer au monde entier par tous les moyens, l'être humain se perd par faute de discernement. Cette démocratie est censée donner le pouvoir aux peuples, mais à part élire des maîtres qui, au lieu de rendre des comptes, ne font que voter des lois pour leur seul et unique intérêt, ce n'est que la triste façade d'un pouvoir absolu.

— Pour moi, c'est décidé ; je n'irai plus voter pour cette mascarade et élire des guignols, déjà que je n'y allais pas beaucoup ! Ce fameux discernement qui lui fait tant défaut, l'être humain l'a volontiers abandonné pour devenir une sorte de zombie, un ensemble de cellules agencées par hasard dans un univers quelconque, et vivant une vie dénuée de sens. C'est depuis que ces liens sont coupés que nous avons perdu notre pouvoir créateur ?

— En effet, oui, les rares peuples qui vivent encore de chasse, de pêche et de cueillette reconnaissent un ordre, une conception dans l'ordre, la beauté de la Nature et de l'Univers qui ne se manifeste pas dans une religion dogmatique. Ceux d'antan étaient beaucoup plus près de la vérité spirituelle qu'un missionnaire conditionné, empêtré dans son carcan religieux, prosélyte sans respect, et tentant de convertir à une religion totalement incompréhensible pour eux. Il en reste si peu dans les temps présents de ces hommes authentiques ! Fermons ces parenthèses sordides, et revenons encore un instant à nos Êtres premiers dont les humanités se succédaient une fois leur quota effectué. Nous l'avons déjà évoqué, elles n'étaient pas aussi matérielles que vous, car leur taux vibratoire était beaucoup plus élevé, et leur nourriture, essentiellement spirituelle, ne comportait que quelques fruits ; c'est leur pureté qui leur permettait de créer. Mais hélas ! Elles ont perdu ce pouvoir avec des pensées impures, leur taux vibratoire s'est alors ralenti avec la descente dans la matière et elles sont tombées dans le cycle des incarnations forcées. Seuls quelques sages pouvaient encore avoir une connexion spirituelle.

— C'est ce que l'on nomme le « péché originel » ?

— En partie, oui, mais c'est surtout l'hypertrophie du mental qui a accéléré les choses. Les hommes ont pensé être les maîtres de la Nature, ont créé des religions avec des dieux bien humains essentiellement masculins. Comme si La Source, et *a fortiori* Dieu, allait se mêler de leurs histoires de bonobos ! Pour alimenter leurs corps de matière grossière, il leur a fallu cultiver, chasser, protéger leurs terres, faire la guerre pour de nouveaux territoires, surtout travailler. L'origine du mot **travail** vient du latin *tripalium*, qui était un instrument de torture à trois pieux et le verbe « travailler », lui, vient du latin populaire *tripaliăre*, qui signifie torturer avec le *tripalium* ! L'être humain n'est pas fait pour être esclave, il est pris dans un engrenage infernal qui va donc bientôt arriver à une conclusion.

— Bilan ?

— Je te laisse deviner...

— À première vue et dans l'immédiat, les choses n'ont pas l'air de se présenter sous les meilleurs auspices. J'ai vraiment une impression de fin de règne qui ne se fera certainement pas dans la douceur et la sérénité, comme toute catharsis. Les maîtres du monde, êtres dénués de tous sentiments humains, ne vont pas lâcher le morceau facilement. Ils ont néanmoins besoin de leurs esclaves. Peu leur importe de semer désolation et misère ! Ils ne perçoivent que leur pauvre petit présent de génération en génération sans percevoir qu'ils ont ainsi perdu leur âme, enfin leur Esprit. Brrr, je ne voudrais pas être à leur place, tant pis pour eux ! Ils sont coincés dans un cycle d'incarnations qui les obligent à revenir dans les mêmes familles pour profiter de tous les avantages qu'ils ont patiemment édifiés au cours des siècles. Quand ils vont perdre, car ils vont perdre, c'est dans l'ordre des choses, la grande moulinette les attend...

Et pourtant !

« Mais en même temps, je ressens une sensation de mouvement ascendant, d'ouverture pour une encore trop petite portion de la population. Il est urgent, pour chaque humain de cette Terre, de sortir de ces schémas de pensées imposées. Comment retrouver la candeur et la juvénilité des musiciens d'antan qui écrivaient la musique que leur inspirait leur foi ? Musiques bien sûr, très élaborées, bases de toutes musiques actuelles. Mais on peut avoir l'impression que Beethoven a été parmi les premiers musiciens à percevoir et à exprimer, par sa musique, ce qui allait se passer sur Gaïa. Avec lui arrive le pathétique, l'expression de la douleur parce qu'il la ressentait au plus profond de lui-même. Mais il se sentait aussi relié à quelque chose de plus haut qui le poussait à transmettre la pure beauté de sa musique. Combien de fois ai-je pu citer ce qu'il écrivait : « *s'approcher toujours de la divinité pour répandre son rayonnement sur le genre humain, il n'est rien de plus haut* ». Pour lui, bien sûr, la musique, art suprême par excellence ! Je perçois beaucoup moins cette désespérance avec les musiciens antérieurs, où j'ai une sensation plus instinctive et jubilatoire ! En tout cas, j'ai l'impression que ces êtres-là se sentaient investis de la mission de délivrer le message de la beauté et de l'émotion...

« J'aime aussi particulièrement ce qu'écrivait Toscanini qui, avant de devenir un prestigieux chef d'orchestre, était violoncelliste et cité dans sa biographie par Harvey Sachs : « *Mes premières impressions de Wagner remontent à 1878-1879 : à un concert de la Société de quatuors de Parme, j'entendis l'Ouverture de Tannhäuser qui me dérouta. Je me souviens d'un détail : mon professeur m'apporta à l'École l'une des parties de violoncelle de cette ouverture et m'en fit étudier divers passages, que je trouvais très difficiles. En 1884, Parme fut la troisième ville d'Italie à accueillir Lohengrin, après son succès à Bologne et son échec à Milan. J'étais dans l'orchestre. Et c'est là qu'émerveillé, je découvris pleinement le génie de Wagner. Dès la première répétition, ou plutôt dès les premières mesures du Prélude,* ***je fus envahi de sensations magiques, surnaturelles; ces harmonies célestes me révélèrent un monde nouveau, un monde dont personne ne soupçonnait l'existence jusqu'à ce que l'esprit transcendant de Wagner le découvrît***».

«Comme le suggère Toscanini, chacun de nous ne fait qu'extraire, découvrir à son niveau, comme une statue sous son voile non encore levé, l'information multiple dans laquelle nous baignons. Nous avons vu que les Créatrices premières «*étaient capables de faire résonner dans l'air lui-même de sublimes musiques, dont vos compositeurs les plus doués ne font que retrouver des bribes*», ces informations dans lesquelles tous les êtres pensants peuvent venir puiser ou simplement recevoir plus ou moins passivement, selon les capacités créatrices de chacun. Nous sommes incapables d'imaginer quelque chose qui n'existe déjà, comme tu le disais Petit H, **potentiellement**. Et les compositeurs de génie ne font que faire surgir une vérité universelle, la Beauté, l'Émotion à travers les notes et leur merveilleux agencement du grand Potentiel de l'Univers:

Et là! C'est sûr, surtout au tout début, on était drôlement serrés, mais il y avait déjà absolument Tout, l'Univers avec ses galaxies, le Soleil, la Terre, la Cordillère des Andes, les pommes et les pommiers, les insectes, toutes les symphonies et les quatuors de Beethoven, les opéras de Wagner, la musique de Schubert et son sublime quintet pour deux violoncelles, moi bien sûr et même vous tous les humains! les pierres, les océans avec les baleines, le murmure des vagues fleuries du cri des mouettes, la poule et son œuf, le chou-rave, le balai- brosse, etc.

Mal, où es-tu ?

« Mais alors, dis-moi, le Mal était déjà là aussi ?

— C'est le grand piège du libre arbitre ! Bien sûr que les premières humanités, ne connaissaient ni la haine ni la vengeance, enfin tous ces jolis trucs que vous semblez aimer maintenant et multiplier à travers littérature, films, chansons et comportements. Elles avaient un libre arbitre total, mais avec une connexion divine et des corps beaucoup plus subtils, il était donc parfaitement impossible qu'elles matérialisent le Mal, et rien de toutes ces horreurs n'auraient pu exister dans ces temps bénis. Mais tu l'as vu : elles étaient créatrices, et bien plus modestement, vous l'êtes aussi encore. Malheureusement, quand les pensées ont commencé à devenir impures, elles se sont empressées de prendre forme dans la matière, comme nous l'avons évoqué, jusqu'à créer un être à forme parfaitement humaine, mais sans aucun sentiment et tellement jaloux de votre supériorité qu'ils prennent un soin tout particulier à ce que vous l'ignoriez. Vous êtes accusés de tous les maux de la Terre, et ils s'acharnent à faire de vous des êtres à leur image. Pourquoi crois-tu qu'il y a autant de guerres, de films de violence extrême, de jeux où toutes les perversions sont légion. Ils agissent maintenant sur les enfants avec un enseignement vide de sens et en les dirigeant vers une sexualité dépravée sous prétexte de libération et d'épanouissement ! Non ! Le péché originel qui n'a rien à voir avec une pomme et une femme gourmande, simplement une soif de connaissances mal dirigée et portée par un mental déjà fermé.

— C'est vrai, certaines personnes sont maintenant plus facilement attirées par le cynisme, l'agressivité, la violence sexuelle, etc. !

Le fait de regarder des films d'horreur fait, entre autres, partie de ces curiosités malsaines qui alimentent une négativité qui fait tout pour avoir une vie propre (oui, on l'a déjà dit, effet de langage !). Alors c'est sûr, si Richard Wagner et tous les compositeurs de génie, ne faisaient « qu'extraire » une musique déjà existante, il peut en effet devenir possible pour certains êtres, d'extraire les pensées malfaisantes qui traînent maintenant un peu partout.

— Il va donc falloir à présent que tes contemporains, s'ils ne veulent pas être engloutis dans la grande moulinette, redécouvrent la connexion perdue avec les animaux, la Nature, Gaïa, l'Univers, l'Amour universel... Quand une humanité paraît prendre un chemin en impasse, s'incarne sur la planète un être spirituellement achevé qui vient leur apporter un enseignement, avec le risque conscient de se faire massacrer : oui, on ne dit pas impunément la Vérité ! Et en plus, quand une religion s'empare de l'enseignement en le déformant, catastrophe annoncée ! Oui, dis donc, Jésus s'est fait massacrer d'une ignoble façon et...

— Et hop, tous les péchés, évanouis. On a fait croire aux gens depuis 2000 ans qu'il fallait souffrir, et qu'assassiner un sage venu apporter la bonne parole pardonnait tout. Perso, je ne comprends pas ! Je pense que l'humanité s'en est remis une sacrée couche. D'ailleurs depuis, cela n'a pas été le paradis sur Gaïa, massacres et guerres sévissent de plus belle (enfin, encore façon de parler !). Il suffirait que tous les êtres humains, les vrais, ceux qui n'ont pas besoin de lois ou de religions pour être intègres, avec un vrai discernement et un sens des responsabilités étendues allant au-delà de leurs petits problèmes personnels, unissent leurs plus belles pensées, pour que les entités sans conscience qui dominent le monde soient purement et simplement éliminées.

Mais qu'ils sont donc vilains !

« Ils se croient maîtres d'un monde mourant, et reviennent s'incarner dans les mêmes lignées pour pouvoir profiter de leurs forfaits : « *Donnez-moi le contrôle de la monnaie d'un pays et je n'aurai pas à me soucier de ceux qui font les lois* », M. A. Rothschild (le fondateur de lignée). Ainsi donc, au fil des siècles, ils ont eu tout le temps de bien pérenniser leur pouvoir en se croyant les maîtres du monde, mais de quel monde ?

— Leurs techniques sont d'une lamentable pauvreté, mais fonctionnent pourtant très bien : 1- on provoque un traumatisme créé artificiellement : une guerre, une crise économique, un attentat, une pandémie... 2- cela provoque une réaction : la peur ; le peuple demande qu'on le protège. 3- on propose alors des solutions pour atténuer la peur : une loi, une guerre «préventive», une taxe supplémentaire, la privation de liberté, un « vaccin » que j'appelle « la bouillasse », et l'espoir que tout va aller mieux... et cela marche, les gens y croient !

— Mais ce qu'ils ne savent pas, c'est qu'ils sont perdants d'avance, car ils sont en déphasage complet avec la Source. Nous avons vu que la force la plus puissante de cet Univers est l'Amour. Et vous n'en percevez que 5 à 10 % de cet Univers ! Imagine le jour où vous percevrez ne serait-ce que 50 % ! Je ne parle même pas de 100 %, cela n'est réservé qu'à ceux qui effectuent leur Ascension... Mais quand la Grande Vague arrivera, tous ceux qui n'ont vécu que dans les plus basses énergies seront d'office éliminés.

« Quand tes collègues vont finir par se réveiller de leur esclavage, ils s'apercevront que leur ignorance volontaire les a fait complices de tous les forfaits accomplis par ces forces obscures qui se manifestent partout, sans se cacher, surtout dans les divertissements. Est-il encore raisonnable de parler d'« art » dans ce que l'on voit actuellement ? L'art en général se dégrade, c'est incontestable. Les artistes ont toujours eu à cœur de transmettre, surtout en musique, un côté insaisissable, assorti de sensations de plénitude, de globalité, de bien-être. Mais suite logique des « Lumières » et de l'influence mécaniste newtonienne, des procédés technologiques contondants et assourdissants ont remplacé l'harmonie dans la Joie, n'apportant à ceux qui s'y adonnent, que sadisme, égoïsme, cynisme, violence, désarroi, suicide, malheur comme tristes effets. Ils ne reconnaissent plus le pouvoir qu'exerce la musique sur l'évolution, bien loin de ce que Beethoven exprimait, et ne cherchent plus du tout à *s'approcher toujours plus de la divinité*, mais plutôt à descendre le plus bas possible ! Ces divertissements ne font que flatter les aspects les plus sordides de l'être humain actuel avec tous ces jeunes qui vont à l'abattoir des âmes écouter ces musiques démoniaques. Le sens du sacré et du divin, considéré comme désuet, archaïque, arriéré, est refoulé bien loin dans les méandres encombrés du fallacieux clinquant et de votre mental. Il n'y a plus d'évolution vers le meilleur, la bonté, la vérité, la justice, la beauté, etc.

« À la question « quelles sont vos réalisations pour faire évoluer les différents règnes et perfections de cette planète ? », qui pourra répondre ? Vous avez été entraîné vers des comportements iniques, et le principe guerrier s'en est donné à cœur joie. Une de ses bonnes idées a été d'instaurer le droit divin, transmissible uniquement par les hommes (ben voyons !), c'est la « loi salique »...

— En remplaçant le « l » par un « d » on peut facilement confondre !

— En effet ! Loi salique qui a été transformée des siècles après Clovis pour évincer les femmes du pouvoir. Puis est arrivée la diabolisation des femmes, savamment renforcée par les religions.

«Mais maintenant, ce principe guerrier arrive à sa fin, et la matrice qui enserre Gaïa commence à perdre son opacité pour ceux qui veulent voir. Cela ne va sans doute pas se faire dans la douceur et la tranquillité, principe guerrier oblige.

Super Photon

« Et puis je dois te dire : je vais te quitter pour un certain temps !

— Tu ne viendras plus me parler à l'oreille la nuit ? Tu ne répondras plus à mes questions ? Nous n'aurons plus de discussions à bâtons rompus ? Comme je vais m'ennuyer de toi, mon Petit H !

— Mais ne t'inquiète pas, avec l'intrication, nous sommes liés pour l'éternité, tous les atomes de ton corps sont liés avec moi, et quand tu le quitteras, ton Âme se souviendra encore de moi ! Je suis appelé pour une grande mission, je ne sais pas encore de quoi il s'agit, mais tu vivras tout avec moi. Tu es consolée ?

— Alors, va...

***

« Et Petit H s'en est allé là-haut, tout là-haut.

« Durant un certain temps, j'ai vraiment cru qu'il m'avait abandonnée, mais voilà qu'un beau matin :

— Coucou, c'est moi, tu es là ?

« C'était vrai, je pouvais encore communiquer avec lui, comme s'il était toujours là, dans mon corps voyageant dans cette multitude.

— Petit H, comme je suis heureuse ! Alors, où es-tu ?

— Dans l'espace c'est drôlement vide ! La biologie, c'est bien plus convivial et il s'y passe toujours des milliards de choses !

— Et la grande mission ?

— Oui, pour être grande, elle est grande, enfin en y réfléchissant bien, peut-être plus grande que le tout début, encore que...

— Alors ?

— J'étais tout là-haut, quand il s'est passé un drôle de truc, je n'ai pas vraiment saisi sur le coup. Nous avons vu que le Big bang n'était qu'une émanation de l'Endroit, enfin du Super Univers, demeure de Dieu indicible et inimaginable, et que le « passage » ne marche que dans un sens ; de l'Endroit vers l'envers (notre Univers). Rien ne peut atteindre Dieu dans Son Sanctuaire, seule Son Énergie alimente la Source. Il faut dire que cette Conscience suprême a Toute la Connaissance en instantané, et donc celle des expériences de tous les êtres habitant les multitudes « envers », donc les Univers manifestés.

« Et bien, alors que j'étais là-haut avec juste quelques copains H, j'ai aperçu, non ! Je n'y croyais pas, imagine de la part d'un atome, un truc minuscule, pour le coup, c'était mini minus minuscule ! Il me semblait bien reconnaître le lieu, mais c'était tellement improbable de le retrouver ce lieu, que je n'y songeais même pas. Oui ! Je me suis retrouvé là où tout avait commencé ! Oui, oui, c'est sûr, c'était là ! Et ce que je n'aurais jamais dû voir, je l'ai vu ! Là, juste à l'emplacement où j'attendais il y a 13 milliards d'années, moi le potentiel proton de ce futur Univers, j'ai vu, j'ai vu... SUPER PHOTON !

— Avec sa cape rouge, son petit caleçon, ses bottes, et son pyjama bleu ?

— Arrête de dire n'importe quoi, c'est sérieux. Ah toi, il faut toujours que tu trouves le moyen de rire.

— Tu peux toujours parler, c'est toi qui as donné le ton avec le chou-rave ! Donc, tu disais, un Super Photon !

— Non ! Pas un super photon, mais Lui, SUPER PHOTON, un peu comme moi, le Premier émané directement du Super Univers, et pas en potentiel s'il te plaît, puisqu'Il existe de toute éternité !

— Super Photon ? Pas en potentiel ? Alors cela veut dire un autre Big Bang ?

— Oui, mais pas de la même nature que le premier. Le premier a donné naissance à la matière. Mais la grande Source de notre

Univers a décidé que de nouveaux temps étaient arrivés. Super Photon n'est pas matériel, il n'est pas de même nature que les vulgaires photons soumis, par on ne sait quel radar, à une ridicule vitesse soi-disant indépassable, et qui fait que la lumière met un temps fou pour parcourir la distance, ne serait-ce que d'une galaxie à une autre. Distance que vous appelez *année-lumière*, et qui est exprimée en secondes et en mètres : 299 792 458 m/s. Alors en kilomètres-seconde, vous divisez par 1 000, et en kilomètres-heure, vous multipliez le nombre trouvé par 3 600, ce qui nous fait 1 079 252 848 800 kilomètres-heure ! Imaginez donc la distance parcourue par la lumière en un an, si cela vous amuse, il faut multiplier ce chiffre par 24, pour avoir la distance parcourue en un jour, puis le résultat par 365 pour un an. Même la calculette ne pourra pas l'afficher ! Et pourtant, c'est une vitesse d'escargot dans la vastitude de l'Univers. Notre plus proche voisine, la galaxie d'Andromède est à 2,55 millions d'années-lumière. C'est donc le temps que sa lumière met à nous parvenir, elle nous envoie en fait son image d'il y a 2,55 millions d'années. Elle a dû changer depuis ! Mais moi, Petit H, je peux communiquer avec les atomes d'hydrogène qui la composent, je les ai bien connus quand nous étions tous en un point ! Et puis, année-lumière, c'est beau, cela me fait toujours fantasmer, oui ! Il m'arrive parfois de rêver que je suis un photon, mais là ! J'ai rencontré Super Photon ! Et tu sais quoi ?

— Non, bien sûr, vite, dis-moi !

Super Petit H !

– Super Photon m'a reconnu ! Il m'a dit : « Ah, te voilà, Petit H, je t'attendais ! » Tu te rends compte, il m'a reconnu ! J'en étais tout esbaudi !

— Tu as dû être content quand même ! Et que t'a-t-il dit encore ?

— Il m'a annoncé que j'allais moi aussi... devenir un Super Atome ! Super Petit H, cela vous pose un atome, non ?

— Et quoi d'autre ? Il ne t'attendait pas juste pour te dire que tu allais devenir « Super Petit H ». Je comprends que tu sois ému, mon Petit H adoré, mais que t'a-t-il dit d'autre ?

— Que les temps étaient venus ! Et là, je n'ai pas été déçu du voyage ; car, oui ! Cet Univers va ascensionner, enfin, juste la partie qui sera prête le Grand Jour. Ce que vous appelez matière et énergie noire (parce que vous n'y voyez goutte), et qui donc représente 90 % de cet Univers, lui donnant sa cohérence actuelle, vont s'inverser comme une gigantesque vague pour ceux qui voudront voir, quand Super Photon avec tous ses copains vont déferler, et tous nous transcender !

— Ouah, nous serons alors dans un Batunivers !

— Oui, tu peux le voir comme cela. Enfin, pour dire simple, cette partie de l'Univers va ascensionner ! Sauf que les 10 % imprégnés de mauvaises énergies vont se recroqueviller, puisque l'Amour ne peut y circuler, tu sais comme la fleur dont je te parlais plus haut : *Si tu prends la plus belle fleur du monde, c'est une pure merveille, elle ravit tous tes sens : elle te transmet sa beauté, son odeur t'enivre, sa caresse est douce et parfumée, tu peux voir en elle la perfection absolue. Mais si tu l'écrases, que tu en fais une petite bouillie, ce sont toujours les mêmes composants de la fleur qui sont devant toi, mais quelle tristesse ! À pleurer ! Vois, la haine, la vengeance, l'envie, la jalousie, la peur, la colère, etc., ne sont que l'Amour tout recroquevillé, ratatiné, emmêlé, piétiné, nié, oublié... Comme nous l'avons vu, c'est comme et pour cela que notre Univers est né, et moi, simple, mais premier atome, j'ai vécu ce grand déploiement.*

« Et sans l'Énergie divine, que vous ne savez pas reconnaître comme telle et appelez matière et énergie noires, ces 10 % d'univers de matière ne pourront plus maintenir une si vaste cohérence. Ceux qui s'y accrocheront, ressentiront que le temps devient de plus en plus rapide, les scientifiques commenceront par percevoir que l'expansion n'est plus la même, et libre arbitre oblige, chacun (par exemple, les moutruches avec des muselières sous leurs yeux de poissons depuis trop longtemps hors de l'eau, piqués et repiqués avec la bouillasse) aura le choix de rester (grâce à la peur), dans un monde dont les problèmes actuels seront démultipliés, ou d'ascensionner sur une Terre libérée de ces horreurs. Les zones, où plus rien de subtil et de spirituel ne pourra circuler, resteront plus que jamais le domaine du karma, de la loi de réciprocité, enfin de toutes ces basses énergies qui régissent actuellement cette pauvre Gaïa. Et elle n'est pas la seule dans l'Univers, car beaucoup d'autres planètes sont dans la même situation et attendent ce grand moment.

« Quand la Lumière Divine des Super Photons va se manifester, ce sera instantané, car Elle, ne sera pas soumise au radar des photons matériels. Toute la matière et l'énergie dites noires, vont simplement devenir visibles, et encore une fois, le libre arbitre revenu de chaque habitant de l'Univers va se manifester : rester dans le résidu d'univers bien accroché à la matière dense avec tout ce que cela comporte, ou ascensionner. Un peu comme un crabe qui abandonne sa vieille carapace avec ses parasites pour une nouvelle... À cette image, pour ceux qui préféreront rester dans leur monde avec toutes leurs émotions négatives, véritable usine à Loosh, rien ne changera. Si ! En pire, puisqu'il n'y aura plus rien pour tempérer la violence…

— Merci mon Petit H pour toutes ces explications. Je suis soudain… très fatiguée… Dormir… Oui, dormir… Je sens… déjà… le rêve… arriver !

— Oui, je sais… Dors petite humaine, tu n'auras plus jamais besoin d'un gilet jaune ou d'aller dans la rue manifester ton mécontentement, je veille sur toi, et plus aucun humain ne sera une unité de production de Loosh… Adieu…

WWG1WGA [22]

Et son sommeil fut songe... Un songe surnaturel, universel, transcendantal, dont toutes les particules de son corps s'imprégnaient... Un songe commun avec tous les humains aux cœurs ouverts, purs, où l'Amour est prince et serviteur. Un songe où plus rien n'est séparé, Un est Tout, et Tout est Un... Un songe où les Âmes se retrouvent comme après une longue séparation. Un songe où la Terre-Mère berce ses enfants chéris : « Dans quel cauchemar étiez-vous, dans quel cauchemar étions-nous ? Pourquoi a-t-il fallu descendre si bas ? ». Un songe où partout règnent la Joie, le Pardon, l'Empathie, mais aussi une effervescence très concrète. Que se passe-t-il donc ? Comme doucement caressé par un impalpable vent, un murmure embrase soudain tous ces esprits maintenant connectés et enflammés : « La Grande Vague divine va se manifester, Elle va nous traverser, nous transformer, nous transcender ! ». Celles· ceux, encore sous l'emprise de sentiments un tant soit peu négatifs vont devoir les laisser se consumer dans le feu de l'Amour universel s'ils veulent participer au grand renouveau, et le cœur réveillé, tenir une place active dans la grande fête de la transmutation.

C'est Gaïa qui va ascensionner en même temps que tout l'Univers. Elle va emmener le meilleur, pour faire revivre une Nature à la biodiversité foisonnante, débarrassée des parasites de toutes sortes. Oui ! à l'image de ces insectes et crustacés qui abandonnent leurs vieilles carapaces devenues trop petites avec les parasites qui

22 *Where We Go 1 We Go All*, célèbre slogan des Q et Anons américains. Où nous allons un nous allons tous. L'équivalent en français est « *un pour tous, tous pour un* ».

vivent à sa surface, elle va passer à un niveau vibratoire beaucoup plus subtil, et laisser sans regret une carcasse de planète à ceux qui ne veulent ou ne peuvent se défaire de leurs attaches matérielles, corporelles, leurs « biens », vieilles rancunes, rancœurs, haine, vengeance... Il ne restera plus qu'un ersatz d'Elle-même, entouré d'un égrégore qui va l'enserrer toujours plus intensément de sa poigne de feu, de fer, de sang, habité par des êtres hagards, et qu'aucun cœur pur ne viendra plus tempérer et adoucir... Alors, tassé, comprimé, compacté à l'extrême, un vortex involutif, devenu trou noir, recyclera cette matière grossière.

« Qui m'aime me suive », dira la Terre, libre arbitre, libre arbitre oblige...

Joie éternelle

Le songe, le songe paraît maintenant tellement réel, palpable à tous les rêveurs ! Serait-il devenu réalité ? Le don des premières créatures humaines au pouvoir créateur serait-il revenu ?

Maintenant, pour ces êtres nouveaux, le rêve est prémonitoire de cette nouvelle réalité qui s'annonce…

Devant leurs yeux décillés, le ciel déverse soudain des torrents de lumières miroitantes chargées de fleurs éclatantes aux mille féeriques couleurs bercées d'une merveilleuse musique et de divines fragrances, de merveilleuses émotions, d'étoiles scintillantes… De Gaïa elle-même jaillissent sources, rivières, fleuves dont l'onde transparente irradie des multiples reflets des pierres les plus précieuses. La Nature entière accueille ces divins courants, ondes bienfaisantes transmutant toutes choses. Encore incrédules, les rêveurs ? Voilà qu'ils font maintenant l'expérience de la communication instantanée et intégrale avec tout ce qui vit.

C'est un monde où il n'y a plus d'esclaves, plus de peurs : peur du jugement, peur de ne pas avoir de toit, de nourriture, car l'abondance est pour tout le monde. Un monde où nul n'a besoin d'espoir, car il est toujours dans le futur, et le futur n'existe pas encore, l'espoir peut-être est un piège…

C'est un monde stable, un monde pur, un monde où chaque être peut s'exprimer, où chaque être a la même valeur. Il n'y a pas de discrimination au niveau de l'intelligence, au niveau de la culture ; tous les êtres sont égaux et pourtant différents.

Plus qu'un **ici et maintenant**, simple et merveilleux, les origines retrouvées après cette interminable descente ; revenus l'Émerveillement, La Pure Joie, la Conscience supra sensorielle...

« Rêve, rêve encore un peu, mon support d'écriture, je suis en train de devenir *Super Petit H* ! »

Voilà, c'est le retour !
Présent éternel... Amour...
Joie, je suis Tout, buisson de Vie, foison de Vie,
Nous et le Tout[23]

23 J'ai à ma grande surprise, écrit un jour cette phrase en CPA, Communication Profonde Accompagnée, ou psychophanie qui est une merveilleuse occasion de rencontre avec soi, cette personne si familière et pourtant si méconnue. C'est une rencontre avec son être intime pleine de potentiels et d'espérance.

Composition : Noun éditions et communication

Noun Éditions, 44 rue Haute – 59246 Mons-en-Pévèle

Dépôt légal juin 2023

ISBN 978-2-493783-16-5